陕西省委宣传部重大文化精品扶持项目

明 镜

武 丽 著

西安出版社

图书在版编目（CIP）数据

明镜 / 武丽著. — 西安：西安出版社, 2019.2（2021.5重印）
（"陕西青年作家走出去"丛书）
ISBN 978-7-5541-3647-8

Ⅰ. ①明… Ⅱ. ①武… Ⅲ. ①长篇小说 – 中国 – 当代 Ⅳ. ①I247.5

中国版本图书馆CIP数据核字（2019）第034077号

MINGJING
明　镜

著　　　者：	武丽
出版发行：	西安出版社
社　　　址：	西安市曲江新区雁南五路1868号影视演艺大厦11层
电　　　话：	（029）85253740
邮政编码：	710061
印　　　刷：	永清县晔盛亚胶印有限公司
开　　　本：	889 mm×1194 mm　1/32
印　　　张：	8.25
字　　　数：	200千
版　　　次：	2019年2月第1版
印　　　次：	2021年5月第2次印刷
书　　　号：	ISBN 978-7-5541-3647-8
定　　　价：	39.00 元

△　本书如有缺页、误装，请寄回另换。

序

贾平凹

正是天寒地冻万物凋敝时节,读到十位青年作家的书稿令人欣喜与温暖。这批作家的写作有想法也有锐度,如同一道亮丽的风景,让人感受到文学的蓬勃力量。

陕西青年文学协会成立几年来,在团结文学青年方面做了很多实实在在的事情。"陕西青年作家走出去"丛书的编辑就是一项令人感动的事情。第一辑丛书我看过,整体水平高,社会影响大,在推动陕西青年文学写作方面起到了凝心聚力的积极作用,也向外界集中展示了陕西文学的新力量。如今,第二辑丛书再次推出十位青年作家,颇有长江后浪推前浪的气势。事实上,他们中的很多人在文学创作上已经取得了不俗的成绩。这次,"陕西青年作家走出去"丛书(第二辑)被列为陕西省重大文化精品扶持项目,就说明了他们的创作得到了认可,可喜可贺。静心翻阅十本风格迥异的作品,他们的文学才情令人感叹。这些作品无论是写乡村还是写城市,无论抒情还是言物都有显著的特点。他们对于现代化冲击下的社会突变、世相百态和复杂人性把握得比较到位,看得出是有深厚文学积淀的。他们在写作技艺上的探索与尝试不拘泥于传统，精到而又大胆。既有传统的现实主义叙事，又融合了荒诞、象征等现代主义笔法。作品意象飞驰，胸怀远方，呈现出陕西青年文学富有时代活力的精神向度。整体阅读这十本书，很有冲击力。

有人说文学正在被边缘化，但通过一批批写作者不难看出，文学自有它的天地归宿。因为文学书写的是记忆生活，是一件打开灵魂通透人心的事情。文学的美是所有艺术形式里最能激荡人心的美。我想，即使在未来的智能化时代，文学的功用也不会被取代。

所以我们常说生活是文学的源泉。只有深入生活，才能创作出既有时代精神，又有思想深度和生活温度的作品，才能引起读者的共鸣从而产生社会影响。在互联网时代，信息的获取快捷丰富却又复杂多变。如何保持清醒的态度建立自己的文学写作观念值得大家思考。现在的一些文学作品的确精巧、华丽，读起来也有快感，但缺少筋骨和力量，说透了就是缺乏打动人心的感染力。我想，在这样一个众声喧嚣的思想体系里，写什么和怎么写不仅仅是青年作家面临的困惑和难题，也是我长久思考的问题。文学不仅反映生活，也要照亮生活。这大概就是文学的神圣与伟大之处。

当下，陕西的文学氛围非常好。省委、省政府高度重视文学事业，资助"百优作家"，号召文学陕军再进军。所以，耐下性子，静下心来，关注现实生活，关心国家命运，以甘于坐冷板凳的心态踏实写作，就一定能写出好的作品。我相信几十年后，再看这些作品，就会更深刻地理解"陕西青年作家走出去"的深远意义了。

（贾平凹，中国作家协会副主席、陕西省作家协会主席）

担当时代使命　勇攀艺术高峰

钱远刚

陕西是文学的沃土,青年是文学的希望。青年作家的成长成才一直是文学界重点关注的话题。陕西青年作家对文学坚持不懈的执着追求、扎实稳健的步伐、深切的生命体验与独特的审美意识展现出充满朝气、昂扬向上的蓬勃英姿。按照"出人才出精品"的要求,陕西省作家协会高度重视对青年文学人才的培养,不断完善工作机制,探索创新方法,千方百计地为青年作家的成长成才搭建平台、提供机遇,使陕西作家队伍呈现出文学发展新气象,成为文学陕军新生力量。

党的十九大描绘的"两个一百年"奋斗目标、开启中国特色社会主义建设的新征程,党和国家事业取得了历史性成就和历史性变化,为文学作品的创作提供了丰富的滋养,广大青年作家和文学工作者要与人民同在,与时代同行,与改革同向,与发展同步,自觉践行和弘扬社会主义核心价值观,坚持远大理想、提升思想境界、加强人格修养、拓宽文学视野,用心用情用功抒写我们伟大的时代,才有可能创造出展示时代风云际会、反映人民群众生活的优秀文艺作品!

气象万千的新时代属于每一个人，人人都是新时代的见证者、开创者、建设者。在习近平新时代中国特色社会主义思想指引下，陕西省委提出了大力推动"文学陕军再进军"的战略部署，我省文学事业繁荣发展，文学界精神面貌焕然一新，文学创作出现了前所未有的大好局面，这为青年作家提供了大有作为的用武之地。青年作家更要志存高远，克服"浮躁"，坚持以人民为中心的创作导向，深入生活，扎根人民，坚定文化自信，自觉向大师学习、向经典学习、向人民学习、向实践学习，守正出新，再创佳绩，努力攀登文学艺术新高峰。

去年，在省委宣传部指导下，在陕西省作家协会的支持下，陕西省青年文学协会面向全省青年作家公开征集作品，经过专家学者认真评选，共有十位陕西青年作家入选"陕西青年作家走出去"丛书第一辑，在文学界取得了良好的反响。今年，该丛书再次面向全省青年作家公开征集优秀文学作品，引起广泛关注，并被省委宣传部列入2018年度陕西省重大文化精品扶持项目。这是唱响做实新时代"文学陕军再进军"的一个重要举措，彰显出陕西新一代作家逐渐走向成熟，预示着陕西作家人才辈出，文学新人在具有厚重的历史文化、丰富的革命文化、灿烂的先进文化的三秦大地茁壮成长。

这次应征入选的"陕西青年作家走出去"丛书第二辑十本书摆放在案头，我一边翻阅着青年作家的辛勤之作，一边不禁为之欣喜。这些作品无论是描写现实题材的小说，还是抒情言志的诗歌，抑或是行文优美的散文、犀利尖锐的评论等等，无不体现出个人写作的进步与超越。他们不因为代际、职业和身份等问题，而缺少对世界的独特感受与敏锐观察。在不同的文学领域，他们表现出起点高、潜力大的特点，文学作品整体上呈现出丰富性和多样性。黄朴的小说集《新生》生动地描绘了城乡社会的众生之相，独特地展现了人性深处的幽微和光芒。武丽的小说《明镜》采用第一人称叙述，笔触精致，情节跌宕起伏，展示社会上特定群体不为人知的一面。刘紫剑的中短篇小说集《二月里来好春光》则多维立体地揭示了日常琐碎中各色人物的生存真相与悲喜故事。王闷闷的中短篇小说集《零度风景》用传统的文化底蕴和现代文本意识，表现当下社会高速发展下存在的问题，以及人与天地与万物的相抵触又相融合的矛盾复杂的心理。毕竖霖的诗集《月亮玫瑰》中一个个自然的物象，在她灵动的笔下，被赋予更生动更多义也更纷繁的诗学意义。穆蕾蕾的诗集《倾听存在的河流》折射出她精神探索的轨迹，随处可见她忙于一物一思而成的诗絮。刘国欣的散文集《次第生活》主要是对生活的内观活动，尤其对童年生活、民间陕北的文化记忆进行了观照。曹文生的散文集《故园荒芜》以故乡为载体，写乡人和事物在现代化冲击下的突变。王可田的评论集《诗观察》通过不同角度、整体性的观察、论述方式，对不同年龄段的活跃在诗坛上的陕西诗人进行了详尽、客观的解读和阐释。献乐谋的网络文学《剑无痕》以沈无眠为父报仇的桥段作为主线，体现出了天外有天、山外有山的感觉。这些作品在显露作者文学才华的同时，对于更新文学观念、传承与思索文学技艺、扩展文学疆域都做了有益的探索与尝试。

这是一个生机勃勃、千帆竞发的新时代，更是孕育文学作品、催生艺术精品的新时代。陕西的青年作家应该勇立潮头，敢于担当，肩负重任，坚持以人民为中心的创作导向，记录新时代，抒写新篇章。要抓住2019年中华人民共和国成立70周年、

2020年全面建成小康社会等重要时间节点,深入挖掘人民群众的豪迈激情和奋进历程,潜心创作出一批讴歌党、讴歌祖国、讴歌人民、讴歌英雄的文学作品,为实现中华民族伟大复兴的中国梦和陕西追赶超越提供强大的精神力量!

(钱远刚,陕西省作家协会党组书记、常务副主席)

目录

- 01　白描画
- 06　张卡夫
- 15　贾娴淑
- 19　宋亚斌
- 23　白描画
- 28　张卡夫
- 37　白描画
- 42　张卡夫
- 47　白描画
- 50　白描画

61	白描画
63	贾娴淑
65	白描画
69	贾娴淑
71	白描画
76	贾娴淑
80	白描画
83	秦姬艳
85	白描画
88	贾娴淑
93	宋亚斌
97	贾娴淑
99	白描画
107	我是小女孩

117	白描画
122	贾娴淑
125	白描画
130	贾娴淑
132	白描画
134	柳春红
141	白描画
148	柯明鑫
150	白描画
160	我是爸爸
165	白描画
177	侯倩倩
183	白描画
190	韩文理

192	白描画
196	宋亚斌
199	白描画
205	刘　亮
208	白描画
232	白描画的梦
235	我是导演
241	贾娴淑
244	韩文理
247	张卡夫
249	白描画

白描画

　　黑夜安静，像城北寂静的沙漠一样，我可以听到胸腔里心跳的声音，均匀而镇静，像灌木丛中跳跃的兔子一样。"当、当"夜空里的钟声响起了，金属碰撞的音响平缓地飞向天空，与往常没有一点儿不同。我习惯了这种声音，习惯了这种把美好与破碎都可以淹没的声音。这声音让我的心情低落到了尘埃之下。这是黄土之下的声音，贯彻着庸常与荒凉置换后的落差，一些希望与绝望相生相克的滋味漫上心头。

　　我看到黑夜里的窗户，仿佛自己的眼睛，空无一物，没有可以想象的长亭与风景。我掀开被子，坐在床头，伸手拉开床头柜，从抽屉里拿出一面圆圆的小镜子。镜子是几年前爷爷给我的，爷爷说，古人传说阴阳镜子可以驱魔祛邪，能够治疗不醒的梦魇。我往镜中看去，看到窗帘上的月光纷纷奔向手中的圆镜。圆镜里有了声音、色彩，还有了人的形状。镜中原本透明、无色、无味的境界被拥挤、涂改和替代。月光如北方的大雪一样覆盖了镜里的世界。大片的雪飞着，落着，堆积着，消融着，无声无息的大雪冰冻着那个空间。冰凉的感觉沿着我的手指，在我的心谷蜿蜒。我的心瑟瑟发抖。

我伸手按开了壁灯的开关，柔和的灯光罩着我的全身。冰冷的感觉消退了。我向镜子看了一眼，我听见一种声音在镜里流淌，似叮咚的泉水……我看到冰雪消融，明亮的小溪奔向活泼的江河，宽阔的河面呈现水的世界。清凌凌的水一望无际。一望无际的水面上漂浮着一个人影，忽隐忽现，生死未卜。我向人影探了探身，竟然看到了一双熟悉的眉目。是谁？漆黑的剑眉，漆黑的瞳仁，溢着光亮的眼睛。黑白相间的眼睛里分明流动着太极阴阳八卦图。他是我在电视剧里看过的男人，有着彪炳青史的姓氏。"你怎么在这里？"我发出了低低的声音，我的声音在镜子里的世界里怯生生地响起来。我的身影竟然站在他的身边，我竟然站在镜子里的世界了。我是我的旁观者。"戴桂冠，争荣辱，我曾在虚无的假象里走过。我走过了黑暗，走到明亮的镜子里，我相信镜花水月，才是美好的……"

美好？什么是美好的？怎样才算是美好？我微弱的声音不及水流的声音。我看到他投入水里，一轮月跟在他身后，缓缓下沉。水面如书页，层层翻开，一行字被放大，我仔细一看，原来是曹梦阮的诗句"真是假时假亦真"。转眼，字迹消失，水面亦消失，我的耳边有音乐在飘。是《二泉映月》？我侧耳倾听，听见的却是《空山鸟语》。"空山不见人，但闻人语响。"王维一边吟诗，一边弹奏着一种乐器，始于唐朝的乐器。我盯着他手指抚摸下的乐器，竟然痴迷其中。这种音色，似曾相识，我看了看自己的双手，分明抚摸过这样的乐器。琴弦、琴杆及琴筒。对，是二胡，我分明亲吻过二胡的琴头，像亲吻一匹马的额头。童年的我抚摸过它们额头上的白色月牙，灵性的耳朵，俊美的眼睛，英雄般壮美的马鬃。它们是新疆的伊犁马。小小的我看到圆圆的马蹄飞扬，好似飘飞的音符。我喜欢上了骑在马背上逆风而行的感觉。喜欢的感觉在童年里生长，随着童年消失。我抚摸二胡的琴头，只为延续童年的喜欢。只是，我不会运弓，不会顿弓、抛弓、颤弓、跳弓，我没有学会爸爸教我的揉弦、换把、垫指。我只能怀着满心欢喜，倾听二胡特有的婉转与低鸣。那些从指间流出的音响，让我欢乐且痴迷。

　　我的痴迷不及王维诗歌的空灵。他的空灵源于他的广阔。大漠孤烟直，长河落日圆，他把自己放置在广袤的荒漠，不是竹林（竹林是幻觉？）。他的手指写诗、作画、弹琴，是热闹的；他的心是空旷的，他的琴音是寂寥的，不像落雪般的寂寥，不是孤独中的寂寥，像一滴水落进荒漠的寂寥，是廖若星辰的寂寥。寂以寂的形式行走，寥以寥的方式前进。他的琴音回到他的内心，静若处子。我回到了我的琴音里，我的琴音只在我的内心发声。我的内心，高墙耸立，一个个音符被拦截，与断了翅膀的小鸟相似，栖落在小小的角落，低头梳理自己凌乱的羽毛。我希望心生一对翅膀，载着我内心的音符飞到东海的蓬莱岛上，让我的心，倾听山林的鸟鸣声，倾听大海的波涛声。音随意转，把大自然的美妙融进了我的内心，让我登临前所未有的境界。这只是我的理想。我的心在弦乐的风刃上舞蹈，这是我的现实。

　　我是在现实世界吗？我想走进镜里的世界，那是一个奇异的空间。年少时，我喜欢镜子，妈妈照着镜子梳头发，我会用一只手抓着镜挂，待妈妈放下梳子后，我会拽着镜挂，央求妈妈不要把镜子挂在墙面上，我要自己照镜子。我看着镜子里的自己，像看见一个陌生人一样，我不认识她，只是对她的声音有着与生俱来的熟悉。那一面圆圆的镜子，像一个洞口，有光穿过，让我透过光，看到了最熟悉的墙壁、院落、门前的椿树，以及我从未看见过的我自己。我好奇，我摸摸光滑的镜面，捏捏薄如勺柄的镜身，我想，它的身体里面有我的世界，或者是它的心里有我的一切，包括我。我希望亲眼看看它的全部。但是，它的一切密不透风。风儿也进不去的地方，谁能进去？我把手里的镜子翻来覆去，想要看它的一切。我发现镜的背后有一幅美丽的图画，一个身穿红衣、头戴红帽的男子亲昵地看着身旁一个身穿红衣、面遮纱巾的女子。在镜子与这幅画中间，一定有最神奇的东西。我的想法吓了我一跳。我跳了一跳，拿着镜子，藏在窑洞后面，躲开妈妈的视线，我的手指微微颤抖，我的手指拆开了镜挂，卸下了镜身。原来是一块玻璃。哦，还有玻璃面上多了一层灰灰的膜。这层膜既不光滑，也不漂亮，更不美丽。我后悔自己拆了镜子，我安装不了镜挂。我抱着它们走进家。妈妈说镜子就是玻璃后面涂了一层水银。奶奶说水银很漂亮，她年轻时有几个水银珠珠头饰，她很喜欢。很多年以后，我才相信，我有两个世界，一个是被美丽的水银挡回来的光，那是我美丽的世界；一个是没有水银的玻璃，是不美丽的世界。而玻璃，是被赋予生死之间的界限。

我的手里抓着一把枪，明亮的光芒从我的眼睛里走出，均匀地落在枪身上，锃亮的枪身，光滑的枪托。我的手摩挲着枪身细细密密的纹路，我的视线从枪刺、枪身、枪托慢慢走过，用白发老人的脚步慢慢走过。我再次端详这把枪，像是在镜前看到自己苍桑的容颜一样。

金属的钟声在天空缓慢飞翔，我看到了声音沿着不规则的抛物线飞翔。在声音没有落到地面的时刻，我右手握住枪，一把乌亮的小手枪，枪口对准自己。然后，扳动枪栓。枪响了，我听见悲凉的音乐响起来了，伴随着另一种抒情的声音，在我的四周秘密地飞翔着。我想，我可以倒下了，在迷醉灵魂的声音里，舒缓地离开这个世界，从此与平庸、与绝望，再不碰触。

我听到了身体倒在地上的声音。我还站着。我恍然明白，在我的周围，在我看不见的地方，一直飘忽着许多幻影。只是，我不知道那些幻影的名字和面目。

我低下头，想看看是谁。可是，我看到了血流如注的场景和一动不动的人体。我的脑海里浮现出三个字"杀人啦"，我大喊起来。我看到自己的灵魂飞起来，脱离自己的肉身，飞向高处。

我从梦里醒过来了，怎么会有这么奇怪的梦？梦中死去的人是谁？额头上冰凉的汗水紧贴着我的意识。我听见金属相互碰撞的声音停止了，耳边那些悲凉的音乐也停止了。

张卡夫

当三个男人出示了他们的证件后,我脑海里出现了电影里的片段,我立即站起来,向门外逃跑。我的身体和我的腿跑向门口的方向,我的手臂被拉向门口的反方向。钢铁一样的手臂牢牢地抓着我,我的胳膊不是我的,它是两根软弱无力的面条。我在我的脑海里找到了几个字:我被逮捕了。不对,我马上纠正,像我这样的职员,应该是纪委、监察局或者检察院的找我谈话,然后才有这些片段,而不是警察……我冷静了一下,看了看眼前的警察,我说,我要关上办公室的门,你们拽住我的胳膊,是为什么?他们松手了,其中一个推了一下门,我趁机坐回办公椅。他们拿着笔录,还有录音笔,让我说话。说什么呢?想说啥就说啥。我喝了几口水,不知道他们要听什么,公司里机密的事肯定不能说,我就说我吧,说我的所见所闻。从最远的情节——多年前那场记忆犹新的会议开始说吧。

当白描画一脸桃花地坐在会议桌边做着会议记录时,我正心若古井地看着窗外的天空。我看到一片云气填充了蓝色的天空，天空的颜色一分为二，一半苍黄，一半淡蓝，苍黄的气流自北向南流动，蓝色被稀释，被挤压。黄色扩大了，膨胀着；蓝色退缩着，消失着。红彤彤的太阳束手无策，脸色越来越差，越来越白，落下来的阳光一束比一束弱小，楼房、街道，越来越暗，逐渐混沌。苍茫的气流吞噬了城市的天空后，向着这座城市压下来，压下来。太阳远成一个小光点，在苍茫的天空上悬着，绕着，不肯消失。

那时，南非在一本正经地主持着一个名为住房改造的会议。我坐在会议室里偏僻的一角，白描画坐在我的斜对面。宋亚斌坐在南非的旁边。我不想看烟雾缭绕的会议室，也不想看座无虚设的饱满场景。不用说，南非是我们这个公司的一把手，宋亚斌是副职。

此时的南非，凝聚了所有的目光焦点，包括白描画的目光，显得精神焕发，犹如阳光下枝叶繁茂的白杨树，在风中哗哗作响。他旗帜鲜明地说明了会议的主题与程序。接着，参会者犹如事先排练过的演员，一个个按照职务层次的排序发表意见，表达着符合主题的意思，大都言语简单，不用成语，也不谈物理、几何、化学、英语，更不用文史地理上的相关知识。用的是口语，不是语文。这样的口语是幼儿园学舌的形式。

"大家都说了自己的想法，我也谈点我自己对此项工作的看法。"那时，我不知道，这句台词是会议主角登场的装饰序幕。

"二十多年前，我就在这工作，然后在这退休。我对咱们这项工作比你们都要熟悉。"老万开口了，听到这里，大家都以为他要简要回顾一下三十来年艰苦奋斗的历程，以及为党和国家取得的荣誉，因此都充分表现出洗耳恭听的样子。只有宋亚斌笑容不改。我也收回了飘在浩渺天空的目光，认真地盯着万老头一张一合的嘴，希望听到一段不一样的工作经历。

"我经历了三位领导，没有一位是好的。"语势陡转，我迷惑不解。

"第一位是齐志清，仗着有点口才，就知道胡吹乱说，没有为职工办一件实事。给我分的一院房子是冬天钻风，夏天漏雨。第二位是石进贤，整天手里摆弄着两个保健球，游手好闲，不干正事。给别人承包的土地都在路边，给我的那块是前不着村后不着店。第三位是王其，一股脑儿地要干大事，干好事，把部下的干事累得够呛，也没见他捞着什么便宜。分宅基地时，他规定已经分过了的人，不能再分。我怕过谁，县委大院我也坐过。我不服气，天天坐在他办公室搅和，让他什么工作也搞不成，最后他悄悄对我说，'好了，给你一块，这是特殊照顾的，你不要让别的职工知道了'。我为啥要悄悄，我就要让大家都知道他不是个好人。"

虽说我在这个公司也有几年时间了，但是这样的评价及这样的事，我确实还是第一次听说。在座参会者，不少是在那三位领导手下工作过，我看到他们脸上流露出淡淡的诧异。是对前任领导的诧异，还是对老万的诧异，我一时分不清。宋亚斌依然笑容满面。

此刻，我清晰地看到，老万的脸上呈现着前所未有的满足感。是因为告诉了大家那三个人的真面目，还是因为在这么多人的面前高谈阔论前任领导的是非功过而自豪？我皱着眉头想了一下,懂得老万使用的招式是隔山震虎。传奇历史上,曹孟德兵败赤壁后哭郭奉孝,朱元璋在功臣争侯要爵时哭常遇春。哭的目的是相同的。如今老万痛说三领导,那就是如果你南非也不给我做个主张,那你也是一个混账王八蛋。

我看了看南非,他正在若有所思地点着头。

"眼下,大家又要给没有住房的分房子,为啥就不能给我弄一个好一点的。我是一个老人,难道不如一个新来的学生?啊?"老万的问句有点喊天骂地的意思。大家面面相觑,只有南非颇有风度地含笑不语。

"你们看,人家白描画,又年轻,又漂亮,刚参加工作就分到了房子……"

众人的目光随着老万的问句齐齐投向了白描画。我看到白描画在沉思不语中,一副百思不得其解的样子。显然,她还是没有听明白前三位领导遭受谴责的内因。这内因,无论是课堂上,还是课本里,绝对没有讲过。

"说你呢,白描画"不知谁轻轻提醒了她。

宋亚斌点着了烟,一口一口地吸着,看烟圈怎样从自己的口中吐出,又怎样钻进别人的鼻孔。那情形,与老万讲话的本意异曲同工。

"我,我?"白描画感觉到了什么是众目睽睽之下的窘迫。

"说你刚毕业就遇上了好机会,分到了房子。"南非沉稳的语句响起。

"中国在进步,时代在发展,我们都有房子是应该的。我们还应该有车……"白描画积极地表达自己的看法。

"应该个屁！"老万脸色骤变，声色俱厉。"我像你这么大的时候，还在山上放着羊呢。你倒好，还没有为国家做出什么贡献，就享受到好处了！"看来，老万是把白描画当作阶级敌人了。

沙尘暴倾落在这个沙漠边缘的城市中，天地皆灰，风声低低，发出低沉的"呜呜""呜呜"的响声遍布街市；无规律的风声偶尔高起来，像受伤的动物在尖叫；飞起的沙粒打在会议室的玻璃窗上，发出"咯咯""咯咯"的声音，像笑声，嘲笑的声音，在嘲笑谁呢？

我看到会议室高高的屋顶被浓浓的烟雾罩着，遮住了白炽灯洁白的光芒，会场暗淡了下来，好像被涂了灰色。我感到室内的气氛骤然变化，犹如阴云不断地袭来。我看到参会的人们，闭了闭自己的嘴巴，仿佛担心自己的嘴会自动张开说话，然后遭到老万的训斥。我眨了眨眼睛，分明看到伊索寓言的故事在会议室表演，老万饰演着那个恶狠狠的大尾巴狼的角色，白描画只能是可怜的小羊了。

"你不要生气，社会就是这样。你想一想，当年的秦始皇吧，还不是连个小汽车也没见过？"脆生生的声音在会议室风铃一样响起，看来白描画是想要安慰老万愤懑的心。

"我还没死呢，秦始皇早死了！"老万勃然大怒，雷霆万钧的声音伴随着这句话，在会议室里轰炸。白描画一脸惊愕。老万的双手在桌子上狠劲地捶打，好像会议室的圆桌是一个罪该万死的阶级敌人。伴随着双手的抖动，他的白色的头发夸张地抖动着。我不是不敬畏白发，也不是不怜悯走向垂垂老矣的生命，只是，在那一瞬间，我的眼前出现了白发老魔毒龙尊者的形象——

活脱脱一个走火入魔的模样。

宋亚斌顿时表现出了隔岸观火的情态。

我的目光再次落在白描画的脸上,那种似曾相识的感觉再次潜上心头。我第一次看见白描画的脸庞时,她的脸颊布着淡淡的一抹粉色,如同一朵桃花被浸透,然后敷在脸颊,其余的肤色,洁白地散着亮光,像天真的童话,有着天籁般的纯洁。我不知不觉地在心里默诵:题都城南庄,崔护,去年今日此门中,人面桃花相映红。人面不知何处去,桃花依旧笑春风。仔细想来,原来是课本里的诗句组成的画面,让我在现实里看到。

老万的一脸赘肉加上环绕在头顶的白发,一直以来都不是我想看的内容。

白描画吓了一跳,霎时面色惨白,黑白分明的眼睛里,涌出了委屈的泪花花。桃花面变成了梨花面,她一动不动地坐在那里,承受着几对幸灾乐祸的目光的拍打。我微眯眼睛,让自己的目光从眼缝里冷硬而直接地横出来,齐齐截断那几束不正义的目光。现在,童话被涂改,目光与目光在现实世界里的会议室上演无声的武打片。

"房子我是要定了,我就不信,你们这伙人,敢不给……"老万霸气地把此言一扬,胸有成竹地甩手而去。

"老万这人就是这样的,是一个具体人,你们都要让他三分,不要让他上访。他的上访精神可是厉害的。当年,他就是凭着不停地上访,才得到了提拔重用,至今享受着领导级别的待遇。"南非语重心长地做了总结,同时宣布了散会。

这个名为公平制定方案的会议结束了,我看着乌烟瘴气的会议室，看着参会者一个个走出会议室，确信会议是可以用胜利闭幕来形容的。我想，南非是了解老万，他化解了老万的招数。他不要老万说他的不好，他要给老万一处好房子，房子反正不是他自家出钱盖的。他也要大家亲眼目睹老万的真实面目。这样，公司上上下下的人不会议论他的不公不平。确切地说，这不是会议，是一场戏剧，也许主角和配角都在宋亚斌的预料之中吧。现在的我，犹如事后诸葛亮一样，回想起了其中的缘由——几天前，新任副职领导宋亚斌压低声音对老万说："这次分房，没有你的。有白描画的一套。"

"白描画就是那个姑娘？"

"嗯。她傲得很，眼里看不起别人，更看不起你们这些老人手……她没有一点背景……"

宋亚斌的低语成为这个会议的主要导语。白描画在这寥寥数语的对话中，不可救药地沦为老万眼里的小羊。

白描画不明白为什么她成了配角。也许，还是可以从《狼和小羊》的寓言中解读。如果，在河的下游喝水的是一只老虎或者一只豹子，那么，狼会怎么办？是拔腿而逃，还是主动挪到下游，以免被虎或豹说它弄脏了下游的水？还可以假设，在小羊的背后，站着一手持刀枪的猎人，那狼又会怎样？可以肯定的就是上游的狼绝对不会说下游的小羊弄脏了它喝的水，更不敢对小羊下爪。胜利属于老万。三个月后，老万手握房产证，心满意足。据说，自此，公司分给老万的第七套房产到户了。接着，南非持着一处房产远调另一个公司了。

我走出会议室，回到自己的办公室。坐在八楼的办公室里，我再次看着窗外浩渺无际的天空，再次明白，自己是谁。

我是谁？我是一个男人，我叫张卡夫，我这样的回答后，总觉得不太满意。我想了想，按照经常填表的顺序来，三十一岁，本科学历……我的父母只是基层单位普通的职员。这些好填，可是我不想说我二十六岁才有了工作，更不想说，我在一个公司工作了整整六年了，依然是一个小职员。

我慢慢地记得，我也有过壮志凌云的志向，可惜的是没有实现。为什么呢？我想，肯定是因为天空被二氧化碳填满了，而且地面上像我这样壮志凌云的青年，很多很多。因此，毕业后，就业竞争很激烈，求职市场简直达到了水深火热的程度。一场接一场的考试，犹如幻灯片一样闪烁，我与莘莘学子一样，眼睛被时代的光芒照亮，接着被时代的雾霾笼罩，被暗淡。然后大片大片的凌云壮志，从天空重重地摔下来，满地都是。我，只是几万分之一中的一个。从一片狼藉中，我捡起了我的已经碎成小片的远大志向，暗灰的情绪，登上了我的青春的面颊。汗流干了，痛定思痛，我想起学过的《毛泽东思想》，毛主席他老人家有一个农村包围城市的战略，让我绝处逢生。我心甘情愿参加了全国最小规模的一种考试，义无反顾地走向了一个县级国有企业，谋取了一份天长地久的工作，那过程如同牟取了一份不义之财一样。可是我的父母是极力赞同那份工作的，他们用了我从来都没有听到的词语凑成的句子，由衷地赞美着，我知道他们在安慰我。

以上是抽象的描述。

实际上的情况是：大都市的房价居高不下，一日三餐费用也水涨船高，走出校门的我还打算结婚生子，还有望子成龙的意识，等等。但是，面对工资福利明显好于私企的国营单位，我知道我并不是不食人间烟火的非凡神仙。要生存要生活，应该进入稳定的国家单位，这是我在都市奋斗两年后的抉择。事实并非我想象的那样，我被招录在一个位于乡村的分公司。乡村与城市的最大区别就是寂静，仿佛阳光走过的声音都清晰可闻。

我一本一本地读书，一张一张地写字，分公司领导周忠明看在眼里，他说，你这孩子，是真的心如止水！你搞搞财务工作吧。

我说，好，谢谢领导，可是我学的不是财会专业。

"什么专业不专业，只要有心就能行。"就这样，我被光荣地任命为会计了。反正就是加法与减法、收入与支出，我乐意用这样的方式把日子一天一天过下去。

除此而外，我能怎样？

贾娴淑

今天早晨,我迟到了,进了大门,看见院子里停着几辆警车,我立即转身离开了公司,我一边向外走,一边给办公室打电话请假,办公室电话没有人接听,一定与这几辆警车有关联。我拨了宋老总的手机,"您拨打的电话已关机",妖气的女声不断重复这句话。不能有个男声吗?落后的服务行业,总是势利眼,总以为所有的消费者都是男人,总是弄些妖里妖气的女声,殊不知我们女人听见多别扭。要是我是管理通讯阶层的领导人,我肯定会改为男女声音各说一遍。什么低层级服务嘛。宋总怎么不接电话?难道警车与他有关联?要是警察来找我,我该怎样应付呢?回想一下,做个准备。

这些年来,我时刻知道自己在干什么。别的人却很少能做到这一点。

"听说韩副经理给纪检委写了一封匿名信。"我在和一些财务人员做报表时,随意地说。语气自然,没有人能看出我的目的。

"写的啥？"这些财务员们一点也不惊讶韩文理做出这样的事。

平日里，我会透露一点领导们的特点。譬如说：韩文理是最糟糕的一个领导，爱占小便宜，爱找女人，爱收贿赂，爱在背后说人坏话等。现在，他们只想知道，这韩文理又做出了什么花样。

"听说，写的好像是白描画跟宋亚斌有关系的事。"我轻描淡写地补充。

我是专业公司的财务员，由于工作时间长，加之又在特殊岗位，知道专业公司里许多鲜为人知的事情，说出的话，常有惊人之句。大家喜欢和我谈论一番专业公司的大小故事。

"不可能吧，没看出宋亚斌有这些套路啊？"有人发问。

"怎么不可能，万事皆有可能。"有人反驳。

我低调地笑着，不予搭理。我要的不是有或者没有的真相，我要的是接下来白描画被人议论纷纷的氛围。氛围是个好东西，我觉得自己有制造氛围和打击对手的天赋。再说，宋亚斌确实在办公室气急败坏地说出这件事。当时，我听了后，在心里冷笑了一下，心里想：哼！瞎了眼的韩副经理！你真是个愚蠢的货物！

"那是自然。那白描画长得不错，嘻嘻！"有人附和了。

我淡淡地笑了一下，"长得不错就特殊了？又不是有什么背景。"

"你说，这白描画的名誉就这样被诋毁，她不恨韩经理吗？"议论开始，我喜上眉梢。

"应该是恨。一个女人做什么不当紧，她的名誉才是无价之宝。"

"就白描画那傲气的样子，谁愿意跟她拉贴心话。她现在还不知道这件事吧？"

"知道了能怎样？她其实也没办法啊！"

"听说每次韩副经理与宋老总争权夺势不满意时，就把白描画掺在中间造句子。"

"他这样做，过分了。他没有女儿吗？"

"有。听说他的女儿与别人同居……"

下面说什么，都不重要了。重要的是我已经把白描画与宋亚斌的事公示给大家了。然后，飞短流长就会在白描画的身边飞来飞去，让白描画灰头土脸……这种事，落在谁身上谁倒霉。因为这是无头案，是当事者无法进入举证程序的一个案件。结局是没有的，只能是当事者清，旁观者在猜测中发表同一类话语罢了。

我对白描画的恨，源于职场的竞争规则。

我在规划前途时，从公司老总宋亚斌闪烁的言词里，发现了白描画和张卡夫两个人在宋亚斌心里是有分量的。张卡夫是男的，胜了自己是可以理解的。但是，白描画是不可以的，因为她是女的，而且眉间总是冒着压也压不住的傲气。我不希望宋亚斌提拔的女人是白描画，而不是自己。说服宋亚斌的工作我要慢慢做。我以"先下手为强"为依据，并认为打压白描画，不能让她露出头角，是当务之急。

宋亚斌一次无意说起"白描画就像一团雪，冷冷的"，我随即想起白描画冷漠的面孔，暗暗想：白描画，你是一块白雪，那更好，我要给这片白雪上撒下黑色的淤泥，要你白描画永远不得白净如初。就算白雪被阳光全部融化，我还要那块淤泥黑黑地晾在那儿。文人骚客爱咏雪咏梅咏花朵，可是，谁见过雪能卖几个钱，梅能值几个铜板，至于花朵，最终还不是和垃圾一样被扫帚扫起，装进垃圾袋，然后和垃圾一起被掩埋或焚烧。

我相信：黑黑的炭块，没有多少人写文章赞美它，但是，它给了人们温暖，它是有价值的，它的价值一直在人们的日常生活里存在。我就是一块黑炭，我是有价值的。我暗暗给自己鼓气。从小到大，我见过漂亮的女人被人奚落，却没有见过哪个男人嫌自己老婆丑陋而要离婚。相反，人们都说"丑妻家中宝"。再说，貌丑怕什么，至今没见哪个女子仅仅因为貌丑而没有嫁人，也没有看见哪个女子仅仅因为漂亮而幸福美满。所以，相貌平平的我不但不自卑，反而更是自信满怀。

我自认为群众基础不错，上个正科级领导应该没有什么悬念。我开始着手要完成这一目标。那天，我给宋老总汇报了我的思想，正需要他表态时，白描画敲门进了宋老总的办公室，"娴淑，我知道了"，宋老总打断了我的汇报，然后就低头开始批阅白描画递上去的文件。

我明白宋亚斌与我的聊天已经到此为止了，我就不好再说下去，只好站起来，狠狠地看了一眼白描画，走出了宋亚斌的办公室。"好个白描画，你总是来得不是时候，打扰我的好事。"我心里恨恨地想，说有什么紧急文件，我看她是成心干扰我前进的步伐。

宋亚斌

贾娴淑像往常一样,端正地坐在我办公桌对面的高脚板椅上,香水味与女人味扑面而来。香味后面跟着她的声音,"时间过得真快,马上要过年了"。她温柔的目光落在我的脸庞上,慢慢地说。我知道自己的脸庞又胖了一圈,我的腰围也增加了一个尺码。

"是啊,真快,又老了一岁。"我装作不经意的样子,接着她的话茬。

"我做财务工作也已经好多年了。"

"不错,不错,工作做得没有差错。特别是一些老职工都表扬你呢。"

"我这人平和,性格也温和,不知你还满意吗?"我听着这话,心头突然跃上了她柔软的胸部。

"嗯,满意……"我边签阅文件夹里的文件,边回答。我不想让她看到我目光里升腾起来的欲望。

"现在提拔一个人,不但要领导满意,还要群众满意,真不容易。"她说的确实在理。

"嗯。"我这样肯定。

"白描画没有群众基础,张卡夫被人嫌疑。他们两个不论谁要想当个领导干部,在组织考察这一关会给你增加压力的。"她把身子往我这边探了一下,好像要拉近她和我的距离。

"你的意思……"我停下了签字的笔,不想让她看出我在明知故问。

"当领导干部有时很难,弄不好,就把自己搁在了半空中。"她把身子又往我这边探了一下,好像要贴着我,和我拉着知心的话。

"你最知道我,你最聪明。"我发现这个女人对当领导的事情,有着洞若观火的功力。

"这是哪里话啊,我是你的人,我能不为你想一想吗?"

"就是,你从来不给我添堵。"我一时有些感慨,公司里近千人,哪一个会像她这样无私奉献呢。

"我怎么能给你添堵呢,我还想进一步帮你解个忧,排个难的,就看你同意吗?"

"啊,哦?"我停了一下正在写字的笔,再次明白了她的意思。

"推荐你上一步?"我想进一步确定。

"十几个中层领导对我都没有意见,群众更是没有什么意见,我也愿意做好这些服务工作。"

我这次盯着贾娴淑仔细地看:她的肤色偏黑,一对细小的眼睛窝在肉嘟嘟的圆团脸上,黑色的小眼珠急速地转着,转着,仿佛永远没有停下了的一刻;高大的鼻梁如一条木质檩子突兀在细小的五官中央；小小的嘴，与樱桃无关，薄如刀片的唇不知将要切割谁的人生……我从来没有认真地看过这个女人。因为每当我看着贾娴淑不柔美的五官，就会不由地憎恶自己。憎恶自己有了按捺不住的肉欲。而就是因为这个肉欲，把我这个人前显贵的老总与这个丑陋的女人紧紧地捆绑在一起。我的肉体受着贾娴淑的诱感，我的账务需要贾娴淑来处理。每当我从贾娴淑手中接过那一叠工资、补助等时，我都有一种低下的感觉。这种感觉像一层薄薄的雾，笼罩着我的心膛。我想伸手抓住，再狠狠地抛远，却什么也抓不到。

我多次思考这种薄如淡雾的感觉缘何衍生。最后总结得出：因为我是男人，而贾娴淑是我的情人。按照世俗的约定，应该是贾娴淑从我手里拿走那些花花绿绿的钞票。这样，我才像一个男人。

可是，现在呢？贾娴淑从来不问我要一毛钱。反而，每次发补助、奖金，以及处理账务后的这钱那钱，贾娴淑都分厘不差地送到我的办公室，然后，用胖乎乎的手捏着一叠人民币，慢慢地递给我。

从贾娴淑手中接过人民币的那一细节让我感到愧疚，让我一天比一天感到自己越来越不像个男人，越来越活得不像个人。

现在，贾娴淑要我推荐她，提拔她。既然提拔，那就趁机要她离开财务岗位。我再也不用从她手中拿钱了。

我眼前一亮，仿佛看到了黎明前的曙光。

"好，你想去哪个公司？"我两眼发亮地问道。

"……"她的话轻得我没有听清楚。

我觉得自己应该像个男人一样，表现得慷慨大方。"下面十几个公司，随你挑。"我说道。

"我哪里都不去"，她坚决地回答"我要留在你身边！"

这话语如娇嫩的花朵，开在我的心坎上，我的内心轻轻地抖了一下，"这个女人多爱我啊，我欠她的太多了"。

我不禁柔声说道："嗯，我知道了，我会想办法的……"

门外有敲门声，随着我"进来"的声音，白描画的一只脚已经跨进了门。"市上有个紧急文件，要下午回报上去。"

贾娴淑恼火地看了白描画一眼，我知道她在想：什么紧急，这个单位，我还不知道什么是紧急，就是人事和财务，其他什么"赶X月Y日上报，否则，追究责任"等等，就是迟上一个礼拜，谁敢追究谁的责任呢。

"娴淑，我知道了。"我打断了她的想法，然后就低头开始批阅文件。

白描画

　　我的手指在键盘上起落。洁白的文档里,一行行文字悠闲地散落,仿佛夜空里的星斗。我喜欢仰望星斗,我不喜欢黑夜。
　　"痛,是安静的起点。"我神情淡然地打下这几个字,就停住了手指。我没有争,也没有抢,只因为一个分房方案,就被当众指责,分房方案是我草拟的,除过以前分过房的,全公司里的人都有,包括临时雇佣的清洁员、保安、园丁,这些都是公司领导会议上定下的,我不知道哪里出错了……只是那一瞬间留下的痛感,劫匪一般捆绑了我。挣不开的钢丝绑着我的思维,我要呼喊,唇舌却被看不见的胶布密封着,然后,支离破碎的寒冷地盘踞在我的心底,给我冰和霜,且无法停顿。
　　我听见屋顶上的谷莠在说话:"你辛苦工作换来的是批评。"我"唉"地叹息了一声。"你不工作,领导就批评你。"木桌上的台灯发声了。我惊奇地看见窗帘上映着一行字:"你不说话,他们说你傲气;你若说话,他们说你爱表现。"我问:

"那我该怎么办?"屋顶与屋内全部陷入沉默的泥沼。

我想,我需要疗养,让阳光温暖我的寒噤。可是,大片的文件与资料覆盖了我的时间。响起的电话,来去的传真,还有构思、记叙、签发、打印、装订、盖章、分送、归档,通知、记录、水果、茶杯……

我想,也许,阳光与光明一样,我看看就可以了。可是,用什么止住心头的痛感?这是我迫切需要解决的问题。

我躲开吵闹的人群,躲在静谧的小房子里,一个人吞噬着大片大片的安静、宁静、寂静。我执着地相信,这些静可以缓解我的伤痛质感。所有的"静"像碗里的中药汤,不温不火,与我内心的需要相差太远。我内心需要补充一些东西,以便抵制痛感的侵蚀。

我想着的时候,时间从我的指尖溜走,下午被带走,接着,黄昏也被带走。繁星闪烁的夜晚来临了。我离开电脑桌。换下纯棉的长裙,手掌触摸着柔软的棉裙,一时泛起无数感慨。那是他送给我的。他握住我的手,情深似海:我是天蝎座,专一与炽热的星座代表,我会一直等你,一年、两年或者更多……最初,我并不喜欢。那时我不知人间冷暖,喜欢华丽的衣服和华丽的词藻。我不知纯棉衣服的舒适,也不懂得他对我的爱惜与执着。如今恍然懂得给我买纯棉衣服的人,就是在我感知人间冷暖时最贴心的唯一。

爱情是一场烟花。一份简单的爱情,就是一场微小的烟花。也许会置换人生繁杂的黑暗。我突发奇想。

我娴熟地换上突显腰肢的职业套装。我不喜欢职业套装,就像不喜欢那些没有正义感的人一样。但是,我还是得穿上。经常穿在身上,就像我依然对那些没有正义感的人保持笑容一样。

这到底是职业的需要,还是生存的悲哀?我不能回答。

那个宁静的下午,我走向宽阔的花园广场,我看到双花堇菜摇着淡黄色的小花瓣,十分显眼;杜鹃树上长圆形的绿叶摇着粉红色的钟状花冠,仿佛摇醒了沉睡的灵魂;紫罗兰报春高高擎着蓝紫色的花朵,擎起了色彩的梦想。我想,职场是现实的,利益之间的竞争是残酷的,只有爱情可以虚幻一下。我需要在虚幻中找寻完美的独白。在那个下午,曾经迟疑的一双脚,坚定地踩在水泥凝结而成的街道上,一步一步,目标明确地走向一个小店。城市繁华的街道上,我在寻找内心的需要。小店租在一条繁华的马路边上。那里有茂绿的槐树,高高的楼房,川流不息的车辆,载着浪潮一般的流量,向着自己的方向奔涌。

我看着高楼上的天空,有着迷人的清新。百盛广场边,我的眼睛落在一个小店里。当然不是第一次。一个玲珑的小店,乖顺的楷体招牌,像邻家的小妹一样乖巧。曾经,我的同学柯明鑫牵着我的手,带我来到小店,给我甜美的蛋糕,还有发着麦香的麻花。

那时,他在小店工作。小店四处有他的身影。他悄悄地对我说,我爱你。他给我深情的眼神,醇香的食品。我品尝着美味,心不在焉地问"什么是爱?"

他看着我发问时淡漠的样子,喉结动了动,把口边的话语咽下心膛。

他说我的血液里有着难以名状的平静。我说,我是一个小职员,我的职业需要我冷静和理性。

他决定离开。以远离的方式,拉开一段距离,模糊我给他的平静。

披着斜斜的余晖，我走进小店。造型各异的蛋糕有着喜庆的色彩，让我有了食欲，有了改变生存状态的想法。麦黄色的麻花、月饼，让我想起随风摆动的麦浪，颗粒饱满的麦粒，还有奶奶用铁锅烙的烙饼！所有这些食品，有一个组合名叫"幸福"。此时此刻，我走进"幸福"小店，缘于他，那个天蝎座的男子。

在职场里，我的难过不关风和月，更多的只是对职场规则的惘然。在我难过的时候，我就想起他。他是我的同学。他用很漂亮的字体，给我写"我是这世界里最爱你的人"。那时，我笑，清风一样的笑容。那时，我十八岁，喜欢唱的歌是"春花秋月最美丽，少年的情怀是最真心"。他给我送花，写信，一直写了两年，还给我买零食，麻花，月饼，包装盒上都写着"幸福"二字。他说，他喜欢这个名词。

他亲吻我的手指，我的脸庞，然后，厚厚的唇就落在我的唇上。我感到震撼，我第一次感到"热烈"的词义应该是另一番滋味。他留给我的热烈，到如今，是我把自己生生陷进寂寞沼泽里最充分的理由。

时光不在，他不在，只有自己还在。站在人来人往的小店，我无声地想念着那个天蝎座的男子。那个炙热的男子，一直给我写着长长短短的句子，保持着爱情的热度；那个给我用"幸福"蛋糕过生日的男子，让我向往家庭的美好生活。

站在橘黄的灯光下，我多么希望他就在自己的身边，把他的肩膀支给我，让我快速地止住心头的伤感。

走出小店，走在熙攘的人群里，我轻轻地叹息。叹息自己没有回应他给的爱。现在，我格外想念他给我的热烈，用他的唇堵住我的唇，给我窒息的感觉。对，就是这个渴望。我渴望从他的唇里获取瞬间的激情，让自己有瞬间的眩晕，仿佛电影镜头里表现出的朦胧与晦涩。"是因为每天过着窒息的生活，所以寻找对等的窒息，以平衡倾斜的内心？"我看着流动的车辆，询问闪烁的灯光。"是，我确实不喜欢现在的职场"，我的不喜欢有了明显的结果：所有的人都走马灯一样调来换去，只有我静止不动。桌上永远是相同格式的文件。当然，这些，我可以接受。但是，我不接受因为自己的静止不动，成为被践踏的石子。

我想躲避，可是，我的岗位却是固定不变的。我没有出差，没有培训，也没有下乡、报账等工作，所以，没有理由不在办公室。渐渐地，我觉得自己有了王宝钏守寒窑的落寞和悲凉。也许，逃离是最好的选择。逃离到天蝎座的爱情里。无论爱情的长短，都是一个女子珍惜的理由。我需要爱情，我希望他对我的爱还在。

仰望着满天星斗，我慢悠悠地回到宿舍。

坐在电脑桌前，我的眼前又会浮现一个小片段：桌上的信笺被风拂过，信笺上，有他给我的留言"我是这世界里最爱你的人"，然后，很艺术的署名：天蝎座。信笺旁，放着我爱吃的食品"幸福麻花"。是他留给我的。我回忆这个小片段。我把他的星座输进电脑，查看他和我的星座配对。鼠标一点，结果显示：天长地久指数五颗星，两情相悦指数五颗星。是最完美的爱情组合。我开心地笑了，像花朵一样，我开始想念他，意味无尽。

张卡夫

那是多年以前的一天,我翻开报纸,看到我写的文字被报刊登用。只有我知道,那过程是蜗牛从井底爬上井沿的过程,是爬三步,退两步的过程。至此,我做的工作才一步一步地被接受、认可,才得到寥若晨星的表彰奖励。让人飘忽的是周忠明开始赏识我,有几次说我是一个可塑之材,前途远在他之上。那就是意味着我也能利用手中的权力,为这些穷乡僻壤的百姓干点实事,然后让他们的记忆里一直有我的高大形象,比如包拯、海瑞。想到这,我觉得我还是没有办法取代他二老在老百姓脑海里积淀的完美形象。还是孔繁森吧,既现实,又有踪迹可寻,做起来有把握。我想到这里,笑容爬上了我的胡子拉碴的脸。

我照镜子时,发现有一段时间,我突然把自己的脸膛清理得非常耀眼,原来我喜欢上了丫头。

丫头是县医院的卫生员。她的名字就像她的眼睛一样,很普通,却在我看来,总有那么与众不同的意味。可是,我不敢表白,我担心我一说,那个情势就像肥皂泡一样,一下就没有了踪迹。我还担心,我不能接受这样的现实,就像小孩发现手里的雪花融化了一样难过。

可喜的是,在一次酒后,我口无遮拦地向丫头表白了我的感情,丫头点点头,并且把她娇嫩的小手放在了我的手掌上。我们美好的恋爱正式开始。

一个月后,一份名为《灰色报》的报纸,刊登了几天前,周忠明利用职务之便,私派公车,赚取运费六千多元,既没有上缴,也没有入账,而是中饱私囊等等。我第一次听到这样奇怪的事情,第一次听到这样奇怪的报纸名称。好事不出门,坏事传千里,相关部门闻风而动,一时间,我所在的公司人来人往,你方查罢他登台。

人们你一言他一语地开始议论:

"不就才六千吗,有贪污六万的,也照样人模人样着。"

"民不告,官不理,肯定是知情者导播出去的……"

"那他是谁呢?"

"谁离周忠明近,就有可能。"

因为我是会计,又因为我爱看报纸,爱写报道,所以,不但与领导走得近,而且也肯定认识所有的记者。这样,我就被义不容辞地圈定为第一嫌疑人。并且,我第一次看到宋亚斌的眼睛是阴森森的,闪着贼亮贼亮的喜悦。

我看到周忠明下垂着视线,偶尔抬起来,用陌生的眼光看着我,仿佛与我互不相识。我心焦万分,无可奈何。

一场黄沙被风扬过以后,丫头把我堵在灰尘满地的院墙角落，立着眉头质问："既然不是你为记者提供了素材，那你说除了你，还有谁与报纸打交道？"看见我回答不上来，她义愤填膺地问："周忠明说过害你的话，还是做过害你的事？"

"都没有。"

"士为知己死，女为悦己容。他对你有知遇之恩，你懂吗？"

"我懂。"

"既然你懂，你就不应该这样做。"

"我怎样做了？"

"你自己清楚。"

"我不清楚。"

就这样，我们绕来绕去，绕了半天，也没有绕出个名堂。最后，以丫头那句要命的话做了结尾。"你离我远点，我不想再看见你。"我第一次发现我的嘴永远说不清我的所作所为，还有我的血液，也不听我的使唤，它们全部涌向脑际。我晕倒在地——地面清凉幽静，远比经受无辜地炙烤要好些。清醒以后，我卧病在床。不多几日，人事任免的文件出来了，我心里尊敬的领导周忠明被免职。

总公司经理南非表现出宽宏大量的样子，在全公司最广泛的一次大会上隆重宣布，"鉴于张卡夫的学历和平时的辛勤表现，决定不予处理；由于宋亚斌会工作，有能力，由秘书提为副经理"。就这样，一个小记者的一篇关于领导干部周忠明失职的新闻报道，葬送了我的理想以及无价的情意。

自此以后，我——张卡夫同志，必须心怀感激的干着一些零七碎八的工作。那年，我三十岁。

我发现我开始想念大学同学燕子。"平平淡淡才是真",她一直爱这样形容世事。在这个世间,除了她,我不相信任何人的真实含量。我相信她做人的成分,也相信她的理论是真金的,万足金。但是,这又能怎样,她已经在我一不留神的时刻,嫁作他人妇,过着蛮有生活情调的日子。我曾对她作过的未来规划,只能自生自灭,一点露头的机会都没有,甚至连一口新鲜的空气也来不及呼吸就烟消云散了。

在我三十岁的时候,没能成家,也没有立业,书生意气折腾完毕,豪情壮志大都作废。我重读起孔子的《论语》:吾十有五而志于学,三十而立,四十而不惑,五十而知天命,六十而耳顺,七十而从心所欲,不踰矩。孔子五十一岁时重获起用为官,任中都宰。他因绩效斐然,晋升为最高司法官,五十六岁时,被辞退,这其中的种种痛苦无奈,孔子只用"知天命"三个字概括了。

夜晚,我还做梦,梦里有大的、小的、红的、粉的花朵,连续纷飞,满天都是。然后,地上就有了颤颤的花瓣凄凄凉凉地颤抖着。花在梦里落,我在梦里看。隔着梦的距离,我能感觉到无数的花瓣在呜咽。不能入梦的时候,我在各种书籍里翻山越岭,想寻找自己心里的风景。一夜又一夜,过去了,我依然不确定我到底要找的是什么。我不知道什么应该争取,什么可以降临,还有什么应该省略,我想我能如此平静地工作和生活,原因是没有的,因为我只能习惯这样的生活方式。在我三十岁的时候,对自己说的只有三个字:知天命。与此同时,我开始厌恶我周围的人。因为我不仅失去了信任,而且失去了握到手掌的爱情。

在那场老万为主角的会议之前,我对白描画没有好感,对南非也没有。同一公司里相互有好感的人不是恐龙，就是陨石。我这样认为。

我不喜欢白描画青春张扬的样子，尤其是她有事没事地到处炫耀一些老生常谈的常识，时不时地显示她是颇有学识的女子。简直是没有把公司这块人杰地灵的地方放在眼里，仿佛我当年走出校门的样子。对，我不讨厌白描画的原因之一，就是因为她像曾经的我一样幼稚。她的幼稚与宋亚斌的老练形成鲜明的对比。

对于宋亚斌，我心底确实没有一点轮廓，有的只是一些不完整的条缕，像秋风撕过的垂柳，怎么也构不成一幅完整的图画。其实，我一点也不想知道他到底是一个什么样的人，我宁愿每天看到他笔挺的西服，明亮的皮鞋，以及焦裕禄一样忙碌的身影，这样，我的心才会在胸膛平稳地跳动。

宋亚斌原是初中没有毕业的接替工人，但是当我来到公司时，他已经持有了大学本科的学历证件。至于证件的来源，无人考证。在许多会议上，我听到赞扬宋亚斌的声音此起彼伏，仿佛稻田里的蛙声一片。

鉴于南非赞扬他每天早到办公室勤政廉洁的事迹，我好奇地想要知道他是怎样地为党为人民为事业牺牲了凌晨的酣眠。

一个清晨，我卑微地躲在他的窗前，透过窗帘的缝隙，看见他端正地坐在办公桌旁，双手不停地忙碌着。他把一份毕业证上的19岁改为20岁，证件上有照片，一个小伙子平静地微笑着，我不认识这个面孔。我看到宋亚斌拿起刀片，轻轻地刮，仿佛在雕刻一副精美的工艺品。接着，他的脸上露出了笑容。我长长地出了一口气，为停止这间谍式的偷窥而松了一口气。我看到他拿出了一份贴着他自己照片的毕业证,我随即明白,前一份是试验地,这一份才是目的地。我用手捂住了自己张开了嘴。

宋亚斌有力的手指紧紧地握着锋利的刀片,一丝不苟地刮去了毕业证上的年龄,不费吹灰之力,把24岁改为21岁,然后不紧不慢地收拾起他完成的作品。整个过程,他平静而自然的神态让我心生惊讶。那一瞬间,我分不清自己是在看电视剧,还是在做梦?所以,对于他,我不想知道他心底深层的东西,一点也不想。表里不一,也许是这个时代人类的通病。身材魁梧的,做事不一定顶天立地;相貌堂堂,言语不一定掷地有声。在公司里,有时,宋亚斌仗着人高马大的优势,不留情面地批评最弱小的女人。故作深沉的白描画,就是这样被人欺负的小女子。她除了向人表明她的毫无恶意的爱情观点外,她遵纪守法,坚守岗位,认真完成份内工作,看不出她有什么不胜任岗位职责的事情。

细雨淅沥的下午,我看见白描画提着形质前卫的小挂包从办公室往外走。"你又下班了,没有到下班的时间吧!"宋亚斌一脸不屑地批评着白描画。这不算严重。可是,和宋亚斌站在门外胡侃乱弹的几个人都顺着宋亚斌的句子添油加醋起来。白描画张张嘴,却一下吐不出要说的道理,就不由自主的满脸通红,在冰凉的雨丝中进退为难,举步维艰。其实,一般这个时点,公司里的女人都回家做饭去了。别人走的时候,宋亚斌不嚷嚷,但是,白描画就不一样了。

第二天,宋亚斌站在白描画的面前,侃侃而谈,主题只有一个,那就是现在的大学生没有一个好东西。我看见白描画一脸专注地听着。她不知道宋亚斌的来头,也完全听不出宋亚斌的弦外之音。白描画如同宋亚斌练习手段的靶子一样,她针尖大小的一丁点纰漏,被他地瞄准,充满杀伤力的语言像子弹一样从口里发射出去,带着呼啸的声音,奔向白描画。年轻的白描画躲不开她的子弹,被击中,被穿透。一个大男人,娴熟地应用着指桑骂槐的技巧,一个小女子那副静静聆听的样子,让我心里微微地发酸。

在那个大雨倾盆的正午,我的笑容从牙缝里一点点地挤出来,攀上面颊,慢慢展开,如雨倾盆:"现在这年头,好东西确实不多了。群众的眼睛已经看不清庐山真面目了!"

"古语说得好,群众的眼睛是雪亮的。"宋亚斌立即进行了猛烈的反攻。

"那是说给一般人的,不是说给个别人的。"

"谁是个别人?"宋亚斌眼睛里闪出极强的光芒,表示出他强烈探究原因的意思。

"历史代表人物有王莽、秦桧等。如果群众的眼睛是雪亮的,他们怎么能一步一步地登上权力的顶峰,做尽了篡国祸民的勾当?"我未说完,宋亚斌狠狠地瞪了我一眼,快速转身离去。

无言以对了!我依然面带微笑,心里却冷冷地抵御。别人怎样看他,我不完全清楚,可是,我怎样看他,我心里清楚得很:那是一个特别的日子,特别得有点像太阳从西边出来一样,我被南非推荐去参加一个全国性的业务工作培训会议。得到这个消息,我精神振奋,笑容舒展,最后不得不用一张报纸遮住五官。就在我偷着乐得没完没了的时候,宋亚斌腰板挺直地走了进来,不紧不慢地看了我一下,"你也去!"

我迅速反应了一下他的语句,得出的结论是:他也去。

会议接待组以我俩是同一单位的名义，把我与宋亚斌安排在一个房间，当时，我发现我的快乐之源如一道门"嘎"一声后，悄然关闭。培训会议有理论有实践，还给每人配一个手提笔记本，是用来做作业的。培训结束后，每人要完成一个项目作业设计，作为学习考核，反馈给本人单位，存入个人档案。我自然是认真听讲，在培训结束的头一天，我用了一天时间，完成了作业设计，保存在笔记本的桌面，并把笔记本装进我床头边的包里，准备第二天交给老师。由于脑力和体力支出不少，有点累，我上床就入睡了，且睡得比较沉。直到黎明渐冷。我感觉到有个身影站在我的床前，是传说中的鬼？在我准备声嘶力竭时，借着淡淡的光，我瞥见这个"鬼"在捣鼓我的笔记本。

"是贼？"得出这个定义时，我吓得不轻，坚决地叮咛自己，现在不能动，他要是手中有刀具之类的东西，咱就白白牺牲了。装着吧，等他转身离开时，一举将他扑倒在地，然后大喊有贼。

那"贼"点了几下，蹑脚蹑手地把笔记本又放回原处，轻轻地移动了，我微微地眯着眼，看见他上了宋亚斌的床。我的心开始咚咚地跳，杂乱无章，没有规律。他为什么上了宋亚斌的床？我细细一瞄，胸膛的心突然不跳了。啊，宋亚斌床上只有一个人，那就是宋亚斌啊。我的心一动不动了，我开始眩晕，手足无措时，它又开始剧烈地跳，仿佛要从我的口里跳出。我不得不用手按住疯狂的心。

第二天，交了笔记本，我和宋亚斌坐在回来的车里。看着他，我想：宋亚斌有夜游症，还是他在和我开一个另类的玩笑？我确定不了他的本意。那就以静制动，等等看吧。一小时、二小时、一天，两天……时间流逝着，宋亚斌没有任何表示。倒是南非把我训斥了一番：拿公家的钱，学自己的本事，这么好的事，你都不会。你的作业设计一张图表都没有，桌面空建一个文件夹，得零分。你看宋亚斌，得的是你们那个班的最高分。终于，我知道他还有另外的一面。从此，我关注他的目光自然要多了一点。

白描画

　　一个繁星漫天的夜晚，没有月亮，柯明鑫和同学一起来到这座城市看我。我们坐在城郊的沙丘上，吃了烤肉，喝了酒水，天幕上亮闪闪的星星照耀着，我们闹闹昏昏地回到城中，挤挤嚷嚷地进了大众舞厅，音乐响着，看着旋转的人群，柯明鑫靠近了我，做出了男人式的邀请。我没有拒绝，我在等待这一刻。我站起来，随他下到舞池，他伸展出两只手掌，像展翅欲飞的大鹏，我没有犹豫，就把我的两只手放进他的手掌里。
　　他握住了我的手，一股暖流顺着十指，瞬间传遍了我的全身。我不觉地打了一个激灵，抬头看了一下柯明鑫。柯明鑫神态自然，正看着我。我没有看出他发现了我的异常反应。是他隐藏了他的表情，还是我一个人的错觉？我不得而知。我抱歉地笑了一下，说："天气有点凉，我的手有些冰凉，让你感到了冰冷。"他笑了一下，没有说话，只是把我的手握得更紧了，一边捂着，一边还轻轻地摩挲着，像在摩挲一件心爱的物品。我瞬间决定嫁给他。我要跟着他远走高飞，离开这个风沙侵蚀的地方，到南方去。新婚之后，我才明白，他的体温原本就高于我的体温。那时的我，以为只有他才能给我温暖。那时的我还向往诗句里的江南。江南有翩翩书生满腹经纶，锦绣文章青史留名，有柔软的风，丰盈的水，还有山野青青草茂密……匆匆的婚姻组成了家庭，却没有达成我的理想，我的父母反对我抛弃这一份稳定的工作："不是我们反对你到别处去，南下的地方是比咱们这里好。但是，我们供养你读书就是为了你能有一份稳定的工作。如果那里也能有一份稳定职业，我们绝对支持你远走他乡。"

婚假过后，他回远方的公司上班了，我俩过着由书信和电话组成的日子。星期天，我坐在家里给他写了信：

老公：

分别已达十天之久，不知远方亲爱的你每天过得怎么样，是痛苦还是欢乐，是孤单还是忙碌？每日清晨，梦里醒来，想你的心继续跳动。早餐、午饭、晚餐，是否合你的口味？想念你的时候，我就默默地和你对话。千里之外的你能否听到我的声音？

我在想像，春天与你很近。

你小屋旁边挺拔的梧桐树一定是翠绿满枝丫，更加高耸入云了吧；院子里的各种花儿一定相继绽开着，花香在夜晚旖旎散开。这几夜，月光照在窗棂，寂静的小屋能否盛下你淡淡的寂寞？也许，流动的歌曲旋律能消解你的烦恼，小床只是你身心休憩的地方。

咱家庭院里的果树抽出了嫩绿的叶芽,看着那稀稀疏疏的小黄叶,我悄然明白——萧瑟的冬天已经从陕北匿迹,万紫千红的春天不会忘记每一座小院,过不了多久,粉红的花儿将在眼前开放。屋檐下,几只身着花衣的小燕在忙着衔泥垒窝,偶尔发出悦耳的呢喃细语。风儿轻轻,阳光灿烂,使人的心情明媚起来。

看见春天的使者——绿叶,听见春天的声音——燕语,一种温馨在心间迅速扩充,一种甜蜜的情感在胸间澎湃。

老公,记得第一次去你老家,正是春天。小路上,一簇簇淡粉小巧的苹果树花,缀满枝头,有的花瓣飘飘落落,清淡的花香沁人心脾,那一瞬间,我的心十分温暖。

在苹果树花渲染的温馨中,我找到了一个女人最执着的追寻——爱的归宿。书上说,婚姻是由平淡和忠诚铸成的。我想,应该是正确的。

我希望,这一生,在苹果树花一样使人温暖的氛围中与你相伴同行。漫步于人间花丛,但愿我们只撷取幸福欢乐。在花开花落之间,能珍惜你我所有的情意。

今早,我仔细查看院中央的泥土,希望发现你种下的山丹丹花长到地面上来(然后,是一束束红艳艳的花儿,很耀眼地呈现)。但是,没找到,也许,它们还没睡醒呢。昨天洗衣服时,想起你的衣服肯定已经脏了,可是,我却不能给你洗。

老公,我们什么时候告别牛郎织女般的生活?等我俩生活在一起了,再生个小孩,然后把家里老人接过来。这样,我们和和睦睦过日子,照顾孩子,照顾老人,然后培养孩子长大成才,然后咱俩变成老汉老婆……

　　今天是星期天,我只做了两件事,一是想你,二是给你写信。

　　吻你

妻子:白描画

　　很快,我收到了老公的回信,我坐在办公室拆读老公的回信,听到低低的声音在另一个房间响着,"她嫁的是个资产成千上万的老板,她就是看上了他的钱!那个柯明鑫就是个子高,长得一点也不俊"。另一个声音轻轻地飘着,飘进我的房间,"买了房,买了车,还买了绵羊皮皮衣,一件就是一年的工资,还有戒指、项链、耳环,她就是图他的钱,嫁人总要图一头嘛"。我挪动了一下椅子,另一个房间的声音变大了,开始说水电价格的声音,高了,大了。我想走过去对她们说,我不是为了钱。我只是想了一下。

　　专业公司的工作条件是现实的,许多人更是现实的,注重的多是与现实有关的因素,比如:家庭成员的身份、职位的高低,经济收入,社会关系网络,房屋产权……刚走出校门的我是个理想主义者,不懂得这些。后来,柯明鑫因公负伤,一瘸一拐地来到了我身边,看到柯明鑫因腿部神经麻痹的痛苦,不忍让他再加重心理负担，就不敢再提"离开风沙弥漫的地方"这个话题了。我的亲戚悠悠地叹息着，不轻不重地说："那时给你介绍县长的儿子，你看不上，却找了这么一个……"一个事业不如意的男人，身体上的伤又不能痊愈如初，时间久了，传染给了心理，他自暴自弃，酗酒，颓废，迷茫，我只能站在他身旁，陪着他颓废，迷茫。

　　我想，这段婚姻错得百步难回。他的苦，像一棵长着苦味叶子的大树。这种苦，要么苦在他心里，要么，移植在我心里，没有其他方式了。"谁苦都是苦"，我这样想，与其两个人都痛苦，还不如由一个人来承接。我愿意把这苦楚从他那里移到我的心里。

张卡夫

我的心被一块石头压着。我认为，拿走这块石头的人只有周忠明。就算天底下的人都要怀疑我，我也不辩解。但是，我要让周忠明知道他没有看错人，我不是借刀杀人的那个角色。所以，我不由自主地在周忠明的住宅前走走停停，希望看见他，给他说明，我确实与报道事件无关。但是我从来没有遇见他。

我同往常一样，不紧不慢地走在上班的路上，看见了他的背影。我的眼睛有些湿，我揉了揉眼睛，异常坚定地跟在他的身后，一步一个脚印的样子。脚下，仿佛有昨夜寒流，还残留着昨夜冷冷的月光。

"小张，你跟着我。"

周忠明头也不回，稳稳地站着。

我快步走到他的面前，看着他的面容，心里渐渐升起朝阳的微热。

我从来都没有这样看过身边的任何一个人。我恍惚觉得他很像历史传奇里的诗人,儒雅、侠气、书生意气。对,很像弱不禁风的书生。与世故圆滑的同行相比,他是一卷竹简连接而成的书籍,体现着竹的风骨,散发着墨的神韵。我相信刚强正直和礼义廉耻在他身上攀缘而立。

薄薄的朝阳,落在他的平静的面庞上。他还是他。我想象他有一份志向——正在这个世间濒临消失的志向。他多少次指着我的文稿,纠正我的措辞,给我点拨公文写作的技巧。我那些词不达意的句子,总是逃不过他的眼睛。还有,他给我的鼓励,他说,钢要自硬,人要自强。这强,不是倚强凌弱,而是自身能力强,自律意识强,文字基础强。他还补充,像你,一个搞财务的人,如果粗心大意,数字不对,错字连篇,那你永远不要指望强起来了。这些过去的情景,我一直保留着,像保留那些有价值的文件一样,永久保存。

他的后背,在一个没有预测的日子里,被一支小小的箭头射中,深深扎进,伤心伤肝。他想站稳,回过头来,看清楚发箭人的面目。可是,他却身不由己,在风言风语中承受着沉重的痛与哀。他的痛,让我苦。

"那篇报道,与我没有任何关系。真的。"我说。他没有接话,表情也没有变化,慢步向前走去。

我站在他身后,委屈的泪水与我的语句一同落进我脚下的土地。我曾打算告诉他,我费尽周折,与那个小记者坐在一起,然后,我知道了我想知道的前前后后。我最不想告诉他的是宋亚斌做了手脚。宋亚斌打草惊蛇,惊走了南非。他是渔翁得利,现在成了公司的主要领导。可是,我马上否决了我的打算。我也后悔刚才说出的话。这些话，引出的将是怎样大煞风景的一段故事。我一直相信，我和他之间，应该是阳春白雪，或者高山流水。

他背负了流言蜚语，指责与嘲笑，却没有狡辩，没有恨天骂地。自己的委屈与他相比，就像被风中的沙粒击打了一次。也许他是干净的，也许不是，但他懂得什么是廉洁，并且支持廉洁。我看到他的眼睛里依然有着晶莹的质体。我看过的眼睛很多，有黑的、红的、白的、黄的、花的、大的、小的、圆的、扁的，还有无法形容的，只有他的眼睛里，有一片清澈，使我再次看到了超越凡庸的本质。

那天，我还是回到了公司。公司正在召开评选优秀工作人员的会议。由于优秀与名利直接挂钩，谁不想当优秀人员？会议上，大家七嘴八舌，有的推荐宋亚斌，还有的推荐司机、厨师，没有人推荐白描画，也没有人推荐我。

宋亚斌一只手指压着自己的太阳穴，右手握着碳素笔，散淡的目光自淡黄色的瞳孔发出，扫过在座的每一个参会人员。大家看到他的表情有点不悦，一个个都闭上了嘴，不再嚷嚷了。

"大家都干着工作，都是优秀，方亮虽然不能按时正常上班，但是，他对父母很孝顺，对孩子很疼爱，是个优秀的干部，我们就把他评为优秀。大家谁还不同意？"

宋亚斌语出惊人，在座的人愣了一下，几秒钟的目光对视中，谁都没有说出"不同意"三字。

"我不同意。"白描画出乎意料地发言。

"少数服从多数。"宋亚斌郑重地宣布决定。

"方亮是怎样的一个人？我从来都没有看见过他。"会后，白描画问我。

"他怎样都不重要,他老也罢,少也罢,上班也罢,不上班也罢,都不重要,重要的是他的哥哥是个当官的。"我正准备描述方亮时,公司的老司机一语道破天机。

夜色四合,黑色的夜幕轻轻落下,覆盖了温热的光芒和吵闹的白昼。一切平静下来了。我在酒中醉如鬼,我的梦想在黑夜碎成片。我过着这样的生活,我渴望我的心在黑夜里平稳地跳动。这确实只是我的渴望。我走在回家的路上。街道空空,看不见人影,一辆汽车疾驰而来,明亮的车灯扫过顺街而行的人影。转眼,人被车身撞得飞起又落下,我张大了嘴,看见车里跳下的人是宋亚斌,他好像是看了被撞的人一下,然后思考了一下,转身跳上车,匆匆驾车离去。我几步跑到被撞人的身旁,想要抱起他时,发现他已经是血肉模糊,惨不忍睹。

第二天,这起肇事逃逸案件被传得沸沸扬扬,死者是一个建筑公司的管理人。在人们七嘴八舌的议论中,我的两眼不厌其烦地看着宋亚斌。他与平时没有两样,也面不改色地加入谈论之中,而且还深情地回忆起他们之间的种种友谊。尤其是他们一起合作做生意时,他得到的种种帮助。我胸有成竹地对宋亚斌说,听说昨夜的事情发生时,还有现场目击者。他既不笑,亦不恼,一副若无其事的样子。那一刻,我先是怀疑他的耳朵构造有问题,继而不知不觉地怀疑自己的视力有问题。我精心准备的旁敲侧击,在他稳重谦和的神态中,溃不成军。

害怕二字立上我的心头,我彻底泄气了。由原来的憎恶变为五体投地的钦佩。想一想,在刑法的顶端嬉戏,在生死的边缘沉醉，他真是泰山崩于前而面不改色，何等的英雄气概呀。太了不起了，奇诡的宋亚斌。中国历史上的英雄好像还没有这样的胸襟，在极端的恶行面前虚怀若谷，这廖若星辰的典范，应该只有宋朝的宰相秦桧大人当之无愧。现在，应该肯定以及确定，他是秦桧转世。否则，他的心理怎么不同于我们这些芸芸众生呢？

有了这样一个结论，我吓得不轻，经过几个昼夜的辗转反侧，绞尽脑汁之后，我才有了一个计谋。我对公司所有的人极力地渲染我从小就患有夜盲症，夜色降临，眼前漆黑，从来不敢在夜里上街。我认为这样，我的小命也许可以保住。我更加悄无声息地工作。我的工作只是可以生存的手段，没有别的愿望。

白描画可不一样，她认为工作是一个人价值的体现，所以，既要竭尽全力，又要获得认可。但是她的努力和宋亚斌的努力是不能相提并论的。她还干着最初的工作，而宋亚斌已经站在主要领导的行列里，不断进步着。看见宋亚斌全心全意为人民服务的样子，我的心底会莫名其妙地升起一份冲动。一种想要研究历史人物的冲动让我不能自制。看看这种人到底是什么物质组成的，是怎样修炼到面不改色心不跳的境界。

我也暗暗为宋亚斌的手段叫绝。他是怎样有意或是无意的，在一刹那，夺取了一条人命。比我在电影里看的杀手强多了，比用高端型号的手枪射杀精明多了。如果是枪杀案件，警察一定要刨根问底。我想到这里，又想到即使秦桧在世，也许会自叹不如。车祸，是人为，还是酒后，我不知道。但是，我也不想去报案。不是我不相信警察的忠诚，我只是不确定警察有没有火眼金睛。

白描画

寒风乍起,我站在城郊,看着北风掠过漫漫旷野,万紫千红的花儿消失了,郁郁葱葱的叶子枯黄了,天地之间,空空荡荡,只有土黄色的土长城突兀在广袤的荒原上。大地变得简单而清净。辽阔的荒原旁边,陈列着赤裸的沙漠;沙漠的上边,只有一个浅红色的太阳,像一句隐隐远去的承诺。冷冷冬季驻立于我的面前。我的人生与冬季相似。

县城有三十多万人,许多人一无所有,与城北的沙粒相似,看似浩瀚连绵,其实裸露着身体,留不住雨水、青草、树木,连风也留不住。走过的风声呼呼在响。

毫无生机的隆冬过去了,日历上的春天来了,风沙比春草的脚步快,翻过日历,只取县城的窗户。沙击窗户的声音敲碎了我的梦。我平躺在木板床上,闭着眼睛,翻来覆去。枕头是不用了,停用枕头已经一年了。经常坐在办公室抄抄写写,颈椎生理曲度变直。按摩针灸治过几回,效果不明显。医生劝我换个岗位。我说，换什么呢？清闲一点的岗位轮不上我。医生说，那就睡硬板床吧。我听从医生的建议，床换了，枕头不用了。

腕上的手表滴滴答答地响，响声的后面跟着时间的阴影。时间的阴影在我的枕边来回徘徊。十二点了，QQ群里的嘟嘟声消失了。时间的阴影穿上深色的夜衣，更加自如地穿梭着。混乱的思想如海水，在我的脑袋里波涛汹涌。我在毫无规律的波浪与旋涡里消耗生命。

这个春天，我的梦很短，短短的梦里会出现青青的校园。太阳还未升起，呵，那是很久以前的事了。空气清新，有几分湿润，我和梅儿、红兰、盼男，走在上学的路上。路边的草尖下，缀着晶莹的露珠。我们的脚尖有时会碰落露珠。上课的铃声悠长而悦耳。我们开始晨读。朗朗的读书声，沿着课桌奔跑，跑出敞开的窗户，凌空而起。在朝阳升起的天空飞翔。那时，白纸一般的心田，记载着早晨的时光，以及站在校园的白杨树。那些时光，慢慢地溜出我的心房，向窗外游离。梦醒后，我会抚摸隐隐发痛的胸口，突然而来的眼泪在黑暗中滑落。

夏末，我的夜半心痛换成了头痛。接下来的日子，竟然夜不能寐。我去了中医院、县医院、省城医院，切脉、询问、B超、ＣＴ，医生说："你有鼻窦炎。"我说，我头痛，睡不着。医生说："头痛不一定是鼻窦炎引起的，但是，鼻窦炎一定能引起头痛。"我听取了医生的建议，接受了一个手术。手术的第二天，宋老总打来了电话："办公室有你的工作，你快来上班！"

宋亚斌没有问我手术情况，更没有问我恢复的情况。我记得去年侯倩倩做妇科手术时，宋老总带领几个副职，还有总部全体职员，进到侯倩倩的病房看望她。我想，自己就算不如侯倩倩，让他处处满意，但是，作为一个领导，总要顾及员工的心理平衡吧。我没有发出愤怒的声音，也没说一句牢骚与怨恨。我一边擦着鼻腔里流出的鲜血，一边平静地回答，"我的手术已经做了。我前天给你请过假的"。

七天后，我出院，回到公司。宋老总仔细看了我几眼，轻笑着问："真的做手术了，我感觉你不像做手术的人。"

"如果你不相信，可以调查啊。"我想，侯倩倩手术后，见了宋老总哭哭啼啼，宋老总一脸怜惜之情。自己没有哭哭啼啼，就连手术都不是真做的，什么人嘛！

宋老总对我的偏见，我不计较，不在意，也没做刻意的解释或者证明。我的不解释和不证明，后来有了因果。自此，宋老总不派我参加任何学习与培训，也不派我出差。我像一块橡皮，需要我的时候，拿出来使用一下，不做维修，不给加油，不给充气。我不在意这一切。我保持了沉默，像浊浪拍过的石头一样保持沉默。

白描画

这一切有些遥远，却在今天，竟然历历在目，不时地将我陷入一场被捞起的梦里：

爷爷拿着刀子，站在院子里，锋利的刀刃闪着寒光。下午的阳光斜斜的光线被刀刃拦截，反射出明亮的星状光芒。这光芒，与爷爷的眼睛相互陪衬，相映成趣。但是，爷爷的脸是绷着的，像拉紧的跳绳，我站在绳子的这边，腿有点僵直，抬不起跳跃的小腿。刚才，我和妹妹在院子里跳绳，奶奶站在旁边看我俩跳。

"谁，今天割了树皮？"爷爷从大门外进来，看着我和妹妹问。妹妹一只手拽着奶奶的后衣襟，歪着头偷偷地望着爷爷。我抬起眼睑望了爷爷一下，垂下眼睑。

"谁割了树皮，我就用这把散刃子，割断谁的腿。"爷爷扬了扬手里的散刃子，补充了他说的内容。

我扫了一眼刀刃上星状的光芒，薄薄的光芒开始向我靠近，我的手指不由地捏着自己的裤腿，想象刀子像一条蛇一样，冰凉地从我的腿上划过,我一定会打颤,一定痛过尖刺扎在手指上的痛,也许会流出鲜红的血。我一直就怕血。

妹妹的眼睛不看爷爷了,她躲在奶奶身后,两只手紧紧拽着奶奶的后衣襟,反复说:"不是我割的,不是我割的。"

爷爷转到奶奶身后,看着妹妹说:"我看,就是你割的。"妹妹躲着爷爷,她放开奶奶的后衣襟,躲到了奶奶的前面,一只手拽上了奶奶的前衣襟,"真的不是我割的",妹妹大声说。爷爷转到了奶奶前面,"那是谁割的?"妹妹放开奶奶的前衣襟,绕到奶奶身后,躲着爷爷的视线,"不是我割的",她重复。

我瓷器一般地站在院子里,怎么办?我不想让刀子割断我的腿。腿断了,我怎么走路?我怎么跳绳?怎么上到山顶,瞭望远方,想象那里是爸爸妈妈工作的地方?

我对不起爸爸,因为我,爸爸交出了陪伴他多年的步枪。我看过那把枪,木质的枪托,半弧形的纹理是浅褐色的,与黄色的材质形成十分明显的对比。我摸了摸枪托,手感细腻,不同于奶奶的手,也不同于妈妈的脸庞。奶奶的手有涩涩的皮肤,我摸着,就会摸出涩涩的苦味,是苦苦菜的味道。妈妈的脸庞很香,是雪花膏的香味。这样的香味在妈妈放假回家后,常常在我的枕头上面飘着,因为妈妈喜欢在我们姊妹都睡在炕上时,站在炕边,亲我们睡在枕头上的脸蛋。所以枪托应该是像爸爸的脸膛。我想抱住爸爸,亲他的脸。可是,爸爸很高,我只能抱他的腿。奶奶说,我很小的时候,妈妈去学校上课时,爸爸把我放在他的肩膀上,在村子里来回走,还给五妈夸女儿。现在,爸爸的脸上没有笑容,像石头,也许比枪托坚硬。我仔细抚摸着枪托,不知那是什么木头制成的,我肯定那不是杨柳木头，杨柳木头材质粗糙。

　　枪身上还有刺刀，我没来得及抚摸，爸爸就收起了枪。他说要把枪交回去，以后他再不能带枪了……我看见哥哥摸着了一下刺刀。我说，我也摸一下刺刀。爸爸说，女子娃娃，不能摸刺刀。我的眼睛红了。爸爸说刺刀是用来杀敌人的。万一杀不完敌人，就用来自杀。反正在战场上，不能被活捉。

　　交出了枪以后，爸爸和妈妈在阳洼种荞麦。白爪子黑虎跟着爸爸。爸爸在耕地，妈妈在撒荞麦种子。妈妈说，给荞麦种子拌上猪油，出苗壮。妈妈让我回家把窑洞里的搪瓷缸子拿到地里来。猪油腻在缸子里。我走到地头时，黑虎不再追那些落下来的喜鹊、乌鸦、鸽子等鸟类，它跑到我面前，收回吊在嘴巴下面的舌头，嘴头毫不犹豫地伸向我端在怀前的缸子。哦，它是要吃猪油。我背过手，把缸子藏到后背，它立马转到我的后背。我把搪瓷缸子顶在头上，黑虎摇着尾巴，拦在我面前。我说，你这个馋嘴狗，这个猪油不是给你吃的，是用来种荞麦的。它听了，嘴里发出滋滋的声音，好像在吸它自己的涎水。我走向妈妈，耕地是缓坡地，妈妈在坡地下边的地畔等着我。一种力量在我的脊背上一推，我打了个趔趄，搪瓷缸子差点从头上掉下来。

　　我回头的瞬间，就明白了，是黑虎。我转头看见它的尾巴在摇摆。它正把它的两只大白前爪搭在我的后背上，它一定想，借着坡度，可以探上我头顶上的猪油。

　　我说，黑虎，你太嘴馋了吧！它立即把它的前爪撤回去，放在地上。我抱着缸子，向着妈妈走。没走几步，它又拦在我前面，头伸向缸子，像个要吃水果糖的小孩一样。我把缸子举在头顶上,它转身绕在我身后,两只前爪搭在我后肩部,我站不稳,一边喊妈妈,一边趔趔趄趄地走。妈妈听到我的声音,停下了拌荞麦种子的手,抬头一看,就笑了,喊,"黑虎,黑虎,你去捉雀儿吃去"。黑虎竖起灵敏的双耳,在听妈妈的话。我赶紧跑向妈妈。没跑几步,它的前爪又搭在我的肩膀上,还伸出舌头舔我的耳朵。我平衡不了它加在我肩部的力量,快要摔倒了,不停地趔趄着。正在耕地的爸爸喊,"黑虎,黑虎,你再不听话,你给我滚回家去"。

黑虎马上放下它的白爪,低眉顺眼地向爸爸跑去。爸爸指着正扑扇着翅膀在犁沟里捡吃荞麦种子的乌鸦说,"去,去挡住"。黑虎几个箭步窜过去,乌鸦飞高了,然后落在地头另一边,继续捡种子吃,黑虎再窜过去,乌鸦又起飞,换个地儿,再落下,黑虎再跑过去……

我在一个废弃的小窑洞里看到了黑虎,它靠着墙壁,侧睡在墙角,两只前爪平直地伸在胸前,放下了属于它的那一条生命。这两只前爪,曾经按在地面,轻轻往下一抓,抓一抓地面,好像地面上长着许多力量,然后与后爪一齐向地面一蹬,腾空而起,扑向路过我家门前的陌生人。正在提着柳条筐的奶奶一边喊,一边挡,挡不住它扑向陌生人的速度,奶奶扔出手中的小筐,打在它的身上,它呜咽了一声,跳开了。

此时,它不跳不动,安静地躺在离家很远的小角落,眼睛闭着,眼角落着白色的苍蝇蛆,有苍蝇在它的眼睛上面飞着,旋着,落下去……奶奶说"好狗不死家中",妈妈说黑虎是被毒药毒死了。

暮色张开巨大的翅膀，在我家院子的上空盘旋。爸爸放下画板的支架，收拾起画笔，其实就是小毛笔。笔杆、笔帽与小毛笔一模一样，只有笔头的颜色不一样。画板上的一张白纸上，站着一只威风凛凛的老虎。爸爸说是老虎下山。妈妈说，虎落平阳被犬欺。老虎追不上暮色的翅膀，它只能站在山岗上，山岗上还有松树，松树的叶子是细条形的，与我常见的杏树、杨树的叶子反差极大。爸爸说，这只老虎是守护妹妹的。因为妹妹说她害怕。太阳落山后，妹妹就拽着奶奶的衣襟，走在奶奶的左右。如果要出院子，她一定拉着我的手，要我陪着她。她说，她看见有只大公鸡，要啄她。妹妹和我在院子里玩。院墙很高，有两米多高，墙体宽大，有两尺宽。土墙上长着细细的针尖大小的苔藓，还有雨水、风与阳光交织形成的灰褐色硬壳。

妹妹抓着我的手，到了院子外面。院子外面有两棵椿树，一棵高，一棵矮，像姐妹一样，并排站在沟畔上。猪在猪圈里哼哼，骡子在吃草，发出咯嘣的声音。我拽开妹妹的手，拉下她的裤子，她蹲在我身边小便，我也解开自己的裤带，小便。妹妹伸出手，抓着我的辫子。我挽好自己的裤子，提起她的裤子，她的手还是抓着我的头发。我俩向大门走去，妹妹急忙走在我的前面。她说，只要我走在她的后面，就可以挡住那只凶恶的野喜鹊。

我想，因为妈妈不爱我了，所以她才狠下心推我。我的嘴巴嗑在木案头，两颗小牙从嘴里掉出来了，妈妈拉起我，我忘记了哭。我抹了一下嘴巴，看到自己的手上全是红色。我向门口跑去，妈妈追出来，提着脸盘，按下我的头，血一口一口地唾在脸盘里。奶奶踮着小脚走出来，手里拿着正在擦洗的碗，大声说，半脸盆血。然后，碗就很大声地碎在妈妈的脚下。奶奶的声音比碗碎了的声音更大："你这个碎前世，一直就是那个样，你没拉扯，不知道拉扯的苦。"妈妈低着头，轻轻拍着我的脊背，奶奶站在妈妈面前："几个月时，你放下你的碎前世，你知道她饿了一天，也不吃旁人婆姨的奶。你知道我是怎样把她拉扯大的？"妈妈进屋拿出了小扫帚，扫着地面上的碎瓷片，奶奶看着脸盆，声音低了一些："淌了这么多血，几年补不回来。"妈妈不说话，我看了一眼脸盆，血不多，倒在碗里，装不满白瓷碗。我想，又不是杀猪，还用脸盘接血。奶奶踮着小脚，走进家里，捡起我的两颗牙，递给妈妈，妈妈坐在门口，用针线缝制了一个小红布袋，把我的小牙装进里面，让我装在衣兜里。我想一定是妈妈不爱我了。但是我还爱着妈妈。我爱妈妈，但是妈妈真的不知道。我站在妈妈身边，看着妹妹在妈妈怀里撒娇，嗲声嗲气地要妈妈吹她的眼睛。妹妹说她的眼睛睁不开，瞌睡虫在她的眼睛里拽她的眼皮。妈妈坐在木凳上，怀里坐着妹妹，摸着妹妹的头发，轻轻吹着妹妹的眼睛。妹妹闭着眼睛，一只手搂着妈妈的脖子，一只手拽着妈妈的耳朵。我很想也像妹妹这样搂着妈妈，但是，我是姐姐，我不能这样。如果我这样赖在妈妈怀里，妹妹一定会哭鼻子。妈妈的怀抱太小，只能坐一个小孩。

奶奶低头看着我，对妈妈说："你把你这个碎前世碰成这样，你是成心不让她吃饭了！你看她的嘴烂了，牙也掉了，咋吃饭？"

我并不难过，因为我不想吃猪肉，尤其是那肥膘肉，腻敦敦的，腻住我的牙缝、舌头、咽喉，让我说不出话。倘若我咽下去，它一定会腻害我的肚子。其实，我并不讨厌猪，我拔苦菜和猪耳朵草，隔着木条钉成的门，扔给猪，猪欢快地吃菜，我伸手摸它的大耳朵，它不躲闪，微微振动着耳朵，表现出很惬意的姿态。那时，我忘记了它将来会有被人杀死的结局。只有在奶奶从锅里铲出猪肉片时，我才记起杀猪的场面。从杀猪人走进猪圈抓住猪的那一刻起，猪的叫声就开始惊天动地了，人们七脚八手地绑住它的四条腿，紧挽在一条粗麻绳子里。绳子缠住一条木棒，木棒的两端抬在两个男人的肩膀上。两个男人把它抬上杀猪案，贼亮的杀猪刀子插进它的颈项。红色的血顺着刀口倾流而下，落在木案下面的大瓷盆里。血腥味腾空而起，我掩着鼻子。猪不再叫了，它一声不吭地睡在木板上，四周突然安静了，只有烧开的水在哗啦啦地响，向上升腾的水气罩住了被血腥味引来的各类鬼神的面目。

奶奶给我扎头发，木梳子尖锐的牙齿扎针般咬过我的头皮。我摇摆着头，奶奶说，"停停，不要动，再摇头摆尾，我给你一巴掌"。我哭了，我说："头发拔出了我的头皮，皮要掉地上了。"奶奶手上的劲松了松，口气软了："奶奶没有生过女儿，看到女娃就喜欢，最喜欢长头发的女娃娃，奶奶给你扎辫辫，要你的辫子最好长过腰，辫梢系上红头绳或红绸缎，绑着蝴蝶结，太俊了。"

我的牙咬不动奶奶烙的锅盔。为了躲开白面锅盔的香味，我走向山坡。那些晶莹剔透的露珠落下来，落下来，瓷器一般白净的小路上，不断变得黯然。我的鞋子撑不住洁净的露珠，她哭湿自己的胸膛。我的脚在鞋子的胸膛里收拢五个指头了，我的微喇叭蓝裤腿也被露珠沾边了。我挽起裤腿，提着鞋，走向阳峁头。我没哭，一声也没哭。

我的裤兜里装着两颗牙。昨天奶奶说，小孩的乳牙装在红布里，就会很快长出新牙。

站在半山腰，我发现我的心里突然生出黑暗，像春天所有的泥土里生出绿色的草叶一样。黑暗一点点长大，如春雨里的野草。这些野草迅速占领了大山，平川，涧地。

我摇了摇身旁一棵大榆树。榆树的叶子落下哗啦啦的水滴。水滴转眼长成黑暗的长河。有黑色的流水，灌溉我脚下的泥土，泥土漆黑，白色的山路隐藏在黑色里。我看不见回家的路。

我坐在山坡上，草在我的四周，与我保持着不远不近的距离。

风吹动草，草互相推着对方，互不相让。又一阵风呼呼掠过上空，草不再摇摆不定，它们齐齐弯下腰，低下头，向风行礼，一次又一次。我手里捏着两颗牙齿，不知道把它俩种在哪里。是冰草根部，还是野豌豆下面？我想，冰草根系缠绕盘旋，捆绑了泥土，不适宜种牙。我从兜兜里抓出牙齿，洁白如雪的颜色，坚硬如石的触感，原来牙齿是另一种骨头，可以离开身体的骨头。我的牙床一点也不疼痛，骨头离开了也不喊痛的牙床。我开始敬佩牙床。妈妈说，乳牙掉了，牙床上还会长出新牙，就像冰草一样，被镰刀割了，还会长出绿绿的筷子一般宽窄长短的细条形草叶。

我拨开草丛，一株一株地观察，鹅绒藤开着白色的小花，毛茸茸的花，像鹅毛一样；苦马豆咧开嘴，正在吐出豆子，看样子，这豆子太苦太苦，苦不堪言。我想，如果把我的牙齿种在这儿，牙齿会难过得愁眉苦脸。

我不能不愁眉苦脸，树皮是我割的。

上午，爷爷去前台谷子地里锄草。我央求奶奶，给我和妹妹每人一把小镰刀,我俩去山后给猪割草。猪要吃青草,它正在圈里"哼哼"地吵。奶奶说,你爷爷不让你们拿镰刀,怕伤了你们。我再三保证,"不会的,我和妹妹一定注意,不会伤了自己,也不会伤了对方"。奶奶说,"千万不敢让你爷爷知道了,早早割点就回来"。说着,从高处拿下了两个小镰刀,递给我俩。

我和妹妹欢天喜地地走上后山,山后长着许多树,有桃树、杏树、李子树,还有枝干通直的白杨树。"都是爷爷年轻时种的",爷爷带着我俩到树底下松土时说过。我俩用铁镰刀割了猪耳朵草、苦苦菜、蒲公英,塞满了小柳条筐。看看太阳,还没到中午,爷爷肯定还在庄稼地里忙,没回家。我俩决定先玩一会,玩爬树。桃树、杏树、李子树,分枝早,低矮,不能爬,只有一颗小白杨树,分枝有一人多高,我和妹妹爬上去,坐在树冠分叉处,摘了一些树叶,数树叶上的叶脉有几条,又用镰刀割下一些小树枝,绑成圆圈,戴在头上,摇头晃脑地摇了一会儿。树冠跟着我俩摇晃着,树叶缝隙里的天空和在树林里飞来飞去的小鸟也跟着摇晃。

只有光洁的白杨树皮,不摇晃,紧紧地贴着树干,纹丝不动。我分明看到这是一张洁白的纸,我要在洁白的纸上写字。刀尖按下去,鲜嫩的树液渗出来,水一样汪在刀痕的小槽里。我用刀尖在树皮上划下了不规则的字。

"树的皮就是人的腿,割了树皮,就是割了人的腿。"爷爷大声宣告他的理论。

他的理论钻进我的耳朵,巨大的轰鸣声在我的脑袋里响起来。原来是这个样子,原来树和人一样!也有腿!树干是腿,那手臂在哪儿？眼睛在哪儿？嘴巴在哪儿？一定在树冠里。高高的白杨树，一定是个男人。我用刀切割他的肌肤，他一定感觉到了痛苦。他说话了吗？他是咬着牙，吞咽了舌尖上的声音，还是他喊痛的声音，我压根儿就听不懂。在他面前，我是个聋子？瞎子？

我以为割树皮与割猪草是一样的，它们不言不语，从来没有感觉，也不懂得疼痛。树汁一定是树的血液，只是我看不清。那时，树汁流了许多，就是树的血液流了许多。我是一个坏人，我让没有犯过任何错误的树承受疼痛，让它流淌了许多血。它一定愤怒、悲哀，一定骂了我很多话，一定是所有的树叶都张开嘴骂了我，一定是爷爷听到了树叶骂我的声音。

我不敢承认是我割了树皮，我害怕刀子割我的腿。我盯着地面，地面上一无所有，我的视线无路可逃，在地面上画着无数的圆圈。一只蚂蚁爬进了这个圆圈，它无忧无虑，翘着两只纤小的触角，轻快地爬出了圆圈的包围，消失在我的视线之外。

"娃娃已经说了，不是她们割的，说不定是别人家的娃娃割的。"奶奶说话了，我耳边的空气开始微笑了。

爷爷收起了刀刃，说："谁割树皮，我就割谁的腿，我看谁以后还敢割树皮。"

我抬眼看着寒光跟着刀刃收敛在爷爷的手心里，听见心里有"哗哗"的响声，是小溪解冻了以后的声音。等爷爷奶奶进屋里以后，我拉着妹妹的手，悄悄跑向山后。

山路一转，我就看见了白杨树，他还是挺拔的身姿，碧绿的叶子紧闭着嘴唇，没有捂着伤口龇牙咧嘴，也没有发出疼痛的呻吟。我走近他，看到他的伤口里还流着血液。我弯腰在地上抓了一把土，敷在他的伤口里。我不敢抬头看树的眼睛，我低头看到爷爷的脚印清晰地印在树下。我想，我还割了许多草，那些草是不是已经昏迷不醒？我用颤抖的手，抚摸着白杨树银白色的皮肤，对他说着我的心里话。他悄悄地对我说，不是，树有树的世界，草有草的价值，割草喂猪，已经实现了草的价值。那么你的伤呢？我抬头问。他光洁的眼睛看着远方，说，"虽然我的腿受伤了，去不了远方，但是，我的心在高处"。我说："我以后带着你去远方。"

白描画

贾娴淑对我说:"咱们公司调来了个嘴儿精,能把白说成黑,能把坏说成好,能把死人说得站起来。"

"啊,这么厉害的嘴,是谁啊?"

"侯倩倩!"

"她,不是去年被立案要处理吗?"

"供应假冒伪劣产品的案子,已经摆平了,有宋帮着呢,听说给宋分了二十万……"

"哦!"我应了一声后,没有觉得这侯倩倩会给这公司带来什么变化。只是此后,在一些不大不小的会议上,会听到宋亚斌零碎地提起侯倩倩,还补充说侯倩倩说得真好,能把过错说成功德,而且有时感叹地总结道:"干得好,不如写得好;写得好,不如说得好,侯倩倩就会说。"这些,我并没有在意。

引起我在意的事情说来就来,一次会餐时,古副经理也在,古副经理由乡镇书记调任副经理职务,他没有见过侯倩倩。侯倩倩正在讲笑话,公司里半老的男人都围着她,"厂长把大家组织到一起说,今天我们去参观,是这样安排的:上午女的洗澡,男的参观。下午男的洗澡,女的参观。参观的时候遵守以下规矩,只准看不准摸,不准拍照"。大家哄哄地笑了,侯倩倩撩了一下头发,跟着大家"咯咯"地笑。

宋亚斌的目光一直围着侯倩倩转,也看到了古副经理的疑问的目光。他立即对古副经理热情地介绍:"这就是咱们的侯倩倩,说几句话,就把我说得昏天昏地了!"由于宋亚斌是高声宣扬,我听到了"昏天昏地"几个字后,突然就想起了昏君的昏与昏天昏地的昏都是一个样,眼前有了一点凉凉的感觉,好像小雨淋湿了发梢。我的目光就悄悄地在宋亚斌与古副经理之间飘移。

古副经理听完宋亚斌的介绍后,斜过身子,侧眼扫视了一眼侯倩倩,平淡地说了一句"我还以为是哪个职工的家属",然后,转身离开。我的目光随着古副经理的身影,移动到门外。门外是浩渺的天空。我的感觉和目光一起消融在北方的天空里。然后就忘记了思考侯倩倩的来头以及以后自己要面对的变化。

贾娴淑

侯倩倩从子公司借调进来后,我看出了其中几分的玄妙,我想,水来土掩,兵来将挡,自己手里的那些账本就是我手中的宝刀,我只要翻开其中的一角公布于众,那神秘的光芒就会伤到这公司里的大小科级以上领导干部。接着,我想,展露这账本的手,不应该是我的手。我要维护自己贤淑善良的形象。这形象是使我职业常青的常青树。我要借用别人的一双手,来展示我这个会计岗位的无限威力,要让这单位里的科级以上领导干部看到我的作用是如何的巨大与有效。

借别人的一双手,对于一般人来说,相当于"蜀道难,难于上青天"的困难。但是,对于我来说,是小菜一碟。我觉得我有诸葛亮的才干,不,比诸葛孔明更胜一筹。诸葛亮还要口干舌燥地舌战群儒,而我,只需要几句平常不过的贴心话而已。

"你们的领导太过分了,如今你见哪个公司的会计能随便换。"我对李红霞说。

李红霞是青草湾分公司的会计，正在和他们公司的经理闹别扭，经理一怒之下，扬言要换会计。李红霞平日里与我走得很近，自然把此事说给我听过了。

李红霞听了我的话，脸色通红，好似心中埋藏的羞愧被我一把揭开，她来不及掩护，活生生的痛裸露出来了，痛感那么强烈。"现在这个年代，要动会计，都是往上提，哪有换掉的道理？"我追加了一句，犹如年终决算时追加经费一样。

我看到委屈的眼泪在李红霞眼眶里打转，我接着说："会计又不是秘书，能那么好换掉？难道你们那领导干净得没有一点污点？就算有针尖大的污点，你能不知道？"这时，李红霞低着头，两只手紧紧地捏着一叠账务，仿佛手里捏着自己的命运。"做领导的不把会计当人看，会计就让他做不成人，进到里面坐牢去。"我正气凛然地说给了李红霞听。李红霞擦了一下眼泪，没有说话，眼睛直直地看着我，我相信她会有所行动的。

白描画

"青草湾的经理被逮捕了!"一个声音凌空而下,从我的耳边传递过去,在空气中发出炸裂的声响。

"啊!"我睁大了眼睛,然后摇头"开玩笑吧!"

"这样的事,谁还开玩笑。是真的!听说是他们公司的会计告到了检察院的。"

我看了一眼贾娴淑,她微笑着,奇异的笑容藏在弯弯的眼睛里。她的不远处站着许多人,许多人在有一句没一句地说话。只有院子北边的胡杨树,一言不发,它站在墙角,枝高叶繁,细长的枝桠向上伸展,伸向高处的阳光和天空。天空是淡灰色的,密密实实的云层密不透风。风被灰色吸附了,一动不动。胡杨树一动不动,院子四周的楼房纹丝不动。

我不喜欢鱼死网破的故事。我记得李红霞到我的办公室问:"换我这个会计的文件传给宋亚斌了吗?"

我不清楚李红霞和她们经理到底是因为什么要这样,但是,既然分公司以红头文件的形式报上来，那我没有理由压在自己的手里，自然就传给宋亚斌批阅。

"传给了。"我看到李红霞眼里有无数低沉的声音在呐喊，心想这事搁谁，谁能愉快？我自然而然地想起自己也遭遇过职场的冷酷杀戮。那年，宋亚斌的老乡调入专业公司，宋亚斌找我谈话，告诉我文书工作由刘亮担任。此时，回想起那个场面，我面前突然跃出子弹穿胸而过的画面。对，就是这种场面。"子弹穿过身体时，其实我自己是没感觉的。感觉到疼，是子弹穿过以后，才感觉到的"，军人出身的爸爸讲他自己的经历时说过。

我没有在宋亚斌面前说一句不同意的话，就立即转身回办公室，取出公章，交给宋亚斌。职场就是战场，说是牺牲了，也可以，说是被屠杀了，也不错。悄无声息地被屠杀的感觉，让我辗转反侧，在无眠的夜里睁着眼睛。难道说给别人听吗？

说给谁呢？我把自己周围的人一个个地排列了一遍，没有一个是可以倾诉的对象。把从小到大的同学摆列了一阵，也找不出一个可以听自己难过的人。这个年头，人都在向钱看，都忙着赚钱、晋升，好让自己过得风光、愉快，哪有谁愿意听别人的难过。还有，谁还敢在这个年代把自己的伤口扒开让别人看，谁能保证，那看伤口的人转身不会去渲染你的伤痛，你的失败，然后不用你的失败去衬托他的成功。我记得看过一篇刘心武的散文《心里难过》，"把难过宣示给别人，近乎冒险"。所以，这是一种危险的举动啊。

呼啸的子弹声与呼呼的风沙，击穿了我的肋骨，那声音留在我的肋骨间，时不时飘出《二泉映月》的悲凉音色。二胡的弦与弓切合的鸣奏，悠长而悲凄地在我的肋骨间传唱。我在奇异的镜子里，看到死而复生的我，在镜子里活着，不悲不戚，与现实里的我遥相呼应。

我懂得子弹击穿李红霞的场面，以及李红霞心里具有的那种伤痛的感觉。我应该扯下一块纱布，包住李红霞的伤口，于是接着安慰说："其实，你不要把它当个事，不就一个会计嘛，又不是多大的职位。如果领导不愿意让咱干这工作，咱就不干了。说不定咱另外还能干个什么呢。再说了，有人关了你的一扇门，上帝就会为你打开一扇窗。"我也一直相信这句话。就在我交出公章后的不多时间，一份民办报在县城里诞生了。我投稿后，报社的主编比较欣赏我的文笔，然后，我就做了民办报的兼职编辑。虽然很辛苦，但也很充实。那些用辛苦换成的充实，帮我度过了职场中最为黑暗的时刻。现在回过头来想，县领导里面没有自己亲戚，自己也没有什么心眼，被替换时，自己很顺从的表现没有什么不好。

"我能再干什么呢？"李红霞说。

"可以做生意啊。你看，你性格外向，人也精明。咱们公司里近千人，真正每天都上班的有多少呢！做生意的也有不少人，赚得不比工资少，也不错啊。"

李红霞沉默不语，想了一会儿，然后勉强地笑了一下，"我也是这么想的"。

"其实，不要把事、把人想得太坏。也许你们经理只是暂时的决定，说不定哪天就换主意了。"我补充，犹如给痛苦挣扎的病人推了一针麻醉药剂。

我记得当时李红霞并无偏激情绪，怎么会发展到经理被捕的程度呢？

那位经理是从乡镇的领导岗位上调任过来的，给我的印象也不错。他常常笑容满面，见了我们这些非领导职员，也不端架子，还爱开个不咸不淡的玩笑，是个比较和善的男人。

我在回想这些时，一些七嘴八舌的议论在我的耳边响起：

"怎么会逮捕经理呢？"

"当官的被捕，大多数是贪污。"

"不贪污能当官吗？"

"既然贪污的又不止他一人，为啥只逮捕他一人？"

"赃款分布不均，内讧了。"

"堡垒最易从内部攻破。"

"这年头的会计都握着杀人的刀柄，他还敢动会计，不是自找倒霉是找啥！"

这些声响从四面八方传来，发出锣鼓击打后震耳欲聋的声音。

贾娴淑

宋亚斌忙碌而焦急的样子，我是看在眼里，喜在心头。这是我要的效果，但这不是我最终的目的。

我走进宋亚斌的办公室，坐在他对面的座椅上。"李红霞这人的人品，咋能这样差呢！我早看那经理就不是一个当领导的料。惹那会计会有多大的好处！这一对男女没有很好地处理问题，把咱们公司弄得在全县扬赖名。"

宋亚斌低头盯着地板上的缝隙，叹息了一声："是啊，满城风雨啊。"他停顿了一下，好像在想一些缥缈的往事。"你会这样对付我吗？"他接着问，没有底气的样子，声音虚弱得像来自遥远的冰川时代。

"不会这样！你也不会像那经理那样对待我吧！"

"不会。"宋亚斌说完，身体颤抖了一下。

让他颤抖吧，在无人的办公室，在寂静的房间，甚至在不长不短的梦里，颤抖去吧……我要的就是他害怕的感觉。我要让他知道，我是手有法力的女法海，我可以搅和这个小小的江湖，让汹涌的水面似波澜不断的海面，谁若看不清局势，说不定哪一天，我就让他葬身于海水之下。

白描画

八月已到，我觉得八月是立在额上的一对蹙眉。除此而外，没有别的感觉。早晨和傍晚一样，去年和今年一样，昨天和今天一样。我的现实与我的追求从来就是平行的，是两条从来不会有交集的线条。既无篱笆相隔，也无看不见的天堑相距。风吹过，街上的槐树翻动树的影集，绿绿的叶子，白色的小花，在眼前闪现，仿佛还有《下河东》的秦腔在耳边响着，字正腔圆的男声，直上云霄的板胡弦乐，高亢地响着。我想，如果能隔着一页图画或一夜月色，看这些街道，感觉会不会更好？

我走过街道。我没有想我的方向和路径，一双脚自然而然地带我到了专业公司。我走上办公楼，看到新任的副职领导，新任的科长，走马上任，古副经理兼职分公司经理，侯倩倩升为统计科长，贾娴淑升为财务科长，刘亮升为办公室主任，公司里增加了新面孔，走了旧面孔，有了一种不一样的感觉。我知道，只有我还做着我的旧职，仍然与肃然静立的档案柜、无声无息的文件袋、不言不语的记录本，相互作伴。

我走进了办公室，木质的办公桌发出古筝的声音，叮咚，叮咚，声音扑向白色的墙壁，碰响了墙壁上挂着的无数肉眼看不到的寂寥。我拿起钢笔，在公用笺上写下汉字时，墙上的声音归于寂静。我打开文件柜，肃然静立的白纸黑字好似层层叠叠的沙地植物，在寂静的月光下，簌簌走动，一直走到沙的尽头，海的源头。太阳升起来，它们返回，静立在档案柜子里。

我的工作一直是收发个文件，整理个档案，记录个会议记录，写个公文等。我在报社做了兼职编辑以后，由于工作量加大，在报社和单位两处来回地跑，感到很累，我开始羡慕那些工作很少的同事，我想，要是自己也像一些同事那样，一个星期去一趟单位，那自己就不会累得两眼发黑。于是，我向宋亚斌提出，把会议记录等工作像公章一样，也交给刘亮，但是，宋亚斌毫无表情地否定了我的这个要求。

否定就否定吧，我服从公司的安排就是了，继续做着那些清汤挂面一样的工作吧，继续担任会议记录的角色吧。当我在记录本上写下"白描画是灶务管理员"时，我对管理员是个什么概念，并没有在意。

我已经习惯在职场里做一个没有语言的道具了。自从宋亚斌把我原来的岗位替换给他的老乡刘亮以后，我就与看大门的老头儿一样，同事与我保持着一定的距离，领导也刻意与我保持着特定的距离。这些精神层面的距离，我明显感觉到了。但是，我不想这些，也不在乎这些。我在同事们闲谈的空隙，一个人悄悄地坐在办公室写字，写与公司有关的简报、记录、信息、通讯。在下班之后，我写着诗歌、散文、小说，我希望通过兼职，学习编辑、记者的工作方法，能有朝一日，离开这个地方，到一个有花木有人文气息的地方，做一个小小的编辑，继续拿着靠自己智慧换取的微薄的薪水，然后，过着自己年少时想要的理想生活。

我的办公室在宋亚斌办公室的斜对面，我几乎每天都要进到宋亚斌的办公室送文件，宋亚斌也一直把批阅的文件夹送到我的办公室。但是，我和他的对话词语，多年的汇集起来，也许还构不成一篇散文。

我们之间对话的格式是固定的。通常是宋亚斌简明扼要地说出几个关于做什么工作的安排词语，一般用一个句号就够了，偶尔会多加一个逗号，放在句号的前面。而我的回答多半都是"嗯"，很少问"为什么"，更不问"怎样做"和"您的意思是……"等等。这种没有思想沟通的工作状态一直持续着。

我对这种现实状态没有什么感觉，觉得很正常。有时看到贾娴淑坐在宋亚斌面前，谈了又谈，我就觉得她太有口才了，能和宋亚斌长一句、短一句地谈论半天，而自己是万万做不到的。自从被替换以后，我明显地感觉到宋亚斌对我存着戒备之心，我也曾想把本职做得完美无缺，但是，这些只能是但是。此后，我把手里的工作做得风轻云淡，很少揣摩宋亚斌在想什么，以及怎么做才能符合他的思路。

眼下这管理员怎样做？我抬头看着宋亚斌。我突然想知道宋亚斌是什么样的人，怀着怎样的理想，对管理员的工作有着怎样的要求。

不想不知道，一想吓一跳。我呆了。我发现自己对宋亚斌的认识不亚于擦肩而过的路人。我是可以看见他衣服的款式颜色、五官配置的位置，可是，我不知道他的思想。这些年来，我与他没有思想上的交流。我与他好像是两个空间的人。

会议散后，我站在办公室里，看着宋亚斌办公室的门，脑海里突然冒出了张小失的《对门有多远》，"明天，我一定能买一张机票飞向天涯海角；但是明天我不一定能抵达对门客厅的沙发。永远有多远？就有我到对门的客厅那么远。……事情基本上就是这样了。我可以产生很多幻想，但不可以产生很多希望。或许，对门对我的感觉也一样？而且，大家基本上也都习惯了。"

这是现实，不是虚构的现实。作家就是这样，用一把字句就能将现实放在每个人的面前。

远就远吧，反正领的工资不是宋亚斌家里的钱。在这个公司，若要比起与宋亚斌的距离来，我知道自己是最远的一个。但是，若比起对得起领的那几个工资而言，我可以摸着自己的良心说，对得起领的那份工资。文档工作，其实大多是默默无闻的工作，不像业务、财务，是领导面前的江山。文档工作只是领导留下的身影。许多时候，一些领导顾不过来眼前，有几个顾得上身后的？何况，身后虚名的多，名副其实的能有几何啊。远就远了，谁也没有与我谈论过什么管理员的事。定就定了，我没有足够的资格和理由不接受领导定下的工作。

下班了，从单位的院子走出，一路看着飘飘落落的花朵、花瓣，仿佛漫天都是淡绿色的花瓣，在飞，在舞蹈，在一颦一笑……然后，落定，铺在地上。在树下，在树坑里，在道沿上，在砖缝间，静静地。季节的圆轮转回来，立秋的节令就在变冷的风声中宣布秋天的预言，热烈的温度仿佛在一夜之间骤然变冷，萧萧风中，凉凉的雨丝中，槐花飘落。先是零星飞翔，继而簌簌连片，时而犹犹豫豫，时而缠缠绵绵，香味淡然，风过不减。

走在槐花铺地的街道上，走进槐花落地的氛围里，恍如走进一个美丽的剧场，幕布是蓝色的天空，天空里飞舞着花谢花飞的唯美，还有淡淡的香味，在流动，在浸润，在发梢、在耳边、在唇间，缠缠绕绕，余味悠长。内心沉浸在美的触动中，感动、感叹、赞叹会一起在心中涌动，犹如溪水流过山间，犹如月光越过山岗，犹如春雨润过小草……十年了，年年、月月，从周一至周五，走在同一条街上，青的砖，黄的土，飞的沙，污水臭味，必须经过，我已经司空见惯，熟视无睹。十年了，风沙击打过我的眼睛，我在不变的岗位上看惯了倾轧、阴冷、不公、丑陋，郁闷的心情，失望的心态，让我忘记了生活的美好。

只有这街上的槐花让我感到美好——伞柄一样的花托，麦穗一样的花序，淡淡的颜色，淡淡的气质，抿着嘴笑的模样，镶嵌在墨绿的树叶间，娴静，安静，澄净的像一片淡绿色的湖泊。然后，花期成熟，做秋天的代言，带着明净，带着独特的感染力，演绎长达一月的翩然落花闭幕式，遮蔽了街市的喧闹。看着槐花一瓣一瓣飞下，花飞花谢中，世界回归单纯。

贾娴淑

半年多过去了,我再也没有等到宋亚斌约会的信号。无论如何,弄个领导职务是当务之急。我直接对宋亚斌谈了这个愿望。

"正科级编制有两个,现在公司里已经有四个副经理了。等他们几个离岗的离岗,提拔的提拔,腾出了编制,就给你。"

"哦,会吗?算是你答应了?"我说道。

"会,我答应了。"宋亚斌看着半掩的门缝说。

"我很想你,很长时间没有和你在一起……"

"噢,我们应该适可而止。"

"我和别人是不一样的,我为你付出了很多。"

"哦,付出了什么?名誉还是身体?"他淡淡地问,眼睛看着虚掩的门口,仿佛看着拽不回来的时光。

"什么都有!"我有些愤然,转而低声。

"我不这样认为。到今天为止,没有一个人说过你的绯闻。更没有什么不三不四的句子把你和我连在一起。虽然有人拿我造句子，但是，这句子里从来就没有你的名字。你的名誉是清白的。"他停了一下，"至于身体，你不但是已婚妇女，而且也生过了孩子。和我在一起，你的身心是愉悦的，每次都是。你没有疼痛过，也没有心痛过，这我能感觉到。"

"我对你有感情，你咋能这样说呢……"我感觉心里的血往脸上涌。

"你对我的这种感情，归根结底是为了利益，是一种交易。所以，你不要闹了，我待你不薄，每年你多拿的钱不比白描画一年的工资多！"

"白描画，又是白描画，你总喜欢提起她。她可是个短根筋的傻子。"我吃惊自己说出这样口不择言的话语。我看到宋亚斌的脸色变冷了。

"好了，不提了。你我都是几十岁的人了，不要闹出什么风波让别人听到。你看那李红霞和经理，是两败俱伤啊。"宋亚斌说完，抿住了嘴巴，好像给前面所有的剧情画上了永久的句号，就差"剧终"两个字了。

转了几个弯子后，好像又回到了原点。我认为我的精彩剧情还没有开始，怎么就剧终了？这样一来，前面做的铺垫不都白做了？我有些怀疑自己的智力是不是出问题了。问题出在哪里了。我仔细分析。

我还没有对我作的分析定下结论时，白描画的工作又多了一项内容。而多出的这项内容此前一直由我管理。会议没有召开时，我已经知道会议的内容了。这是常例。白描画这个傻子对这个常例觉得有点奇怪。

会前，宋亚斌一般会把会议内容跟我大致说一下，一来表现一下自己的无限聪明，二来表示他自己这个老总对我会计职务的另眼看重。

当我知道白描画要当管理员时，我不明白宋亚斌为什么这样安排。但这不重要。我马上问"厨师是谁哦？是我推荐的我的亲戚吗？"

"秦姬艳可能更适合些。"宋老总躲开我追问的视线，淡黄色的眼珠子转了几下，飘移向窗外的天空。

"她？"我冷笑起来，心里想：这样一个胖女人，不就常去你家帮你做个饭吗，用得着这样偏向她。

我满面春风地走出了宋亚斌的办公室，心想：好戏要开场了，看我怎样编导这场戏，让你见识一下我的能力。

每年专业公司业务繁忙时，就在公司里另起灶务。这个秦姬艳是司机卜耕田的大姐，也来公司帮灶，因为老爱拿灶上的肉和菜，弄得老厨师是满腹牢骚。我采取婉转的说话方式，提醒秦姬艳不要继续那样做。谁知秦姬艳直视着我，说了一句"只许州官放火，还不许我们百姓点灯"，说完，眼神里飘散着的一道轻视的光芒，那光芒像针尖一样划过我的心肺。

我觉得至今那划过心肺的刺痛还在隐隐作痛。那些年，帮灶的还有我的七大姑八大姨，她们也拿这拿那，我自然是两眼全闭，反正又不是拿谁个人家里的，没人计较，我什么也不说，权当没有这回事。在宋亚斌面前，自然也不汇报这些小事。现在由白描画做管理员，这个傻里吧唧的女人，眼里能允许那些吗？还有，白描画怎么会懂得，在这个公司里，什么事应该硬扎硬做，什么事应该不闻不问呢?

秦姬艳是怎样的女人,白描画又是怎样的女人,我心里很清楚,我觉得秦姬艳留给我心里的痛,还有宋亚斌对我的薄情,都可以在今后的这场灶务工作中得到让别人看不到的补偿,最终的胜利一定是我自己。

白描画对秦姬艳的印象中没有好与不好的概念。每年业务忙时,她在野外工作,不知道公司里发生了什么,加之,平时也很少谈论那些鸡毛蒜皮的小事,因此,压根儿不知道秦姬艳等人演绎了肉与菜、鸡蛋等食品到底去了哪里的故事。

我分配了灶房门的钥匙,我自己一把,白描画一把,留给秦姬艳一把。然后,我对白描画说,咱们吃早餐的费用由每个干部职工自己出,不是公司的,是私人的。秦姬艳有个小毛病,爱往她自己的包里装灶房的肉和菜啊的,你要注意一下。

白描画听了,睁大了眼睛,分明在问"你说的是真的?"

"我会有假话吗?不信,你睁大眼睛观察一段时间就知道了。"

白描画

让我大睁眼的事陆续就来了。

早餐吃过后,宋亚斌指着餐巾纸对我说:"这纸还带着香味,一包多少钱,下回不要再买这种纸。"

"知道了。"我回答了一声。

在贾娴淑管理灶务时,餐桌上摆的纸与卫生间的纸一样,我每早看到后,就有一种不好的感觉。所以,我就在超市里选了一款比较便宜的纸巾,纸巾包装很有情调,还有"心心相印"四个字。打开包装,面巾纸一块块地折叠着,还散发着淡淡的香味。

"原来用的那种纸好好的。不要买贵的,太浪费。"宋亚斌冷着脸色强调。

"知道了。"我又答应了一回。

听宋亚斌这么一说,我知道宋亚斌是嫌这种纸贵,要我本着节约的原则购买灶上的用品。我想,看来宋亚斌要我按照贾娴淑的风格工作,而不是按照我自己的思想做这个灶务管理员。这样的意思就是：宋亚斌还是认可贾娴淑的灶务管理员工作。既然这样，为什么不让她继续管理灶务呢？原因之一肯定是她拒绝做这个灶务工作。

在这个单位，没人做的工作就轮到我了。但是，我不愿意承认这一点。

我按照宋亚斌的意见，把品牌餐巾纸换成饭店里常用的那种方块餐巾纸，再也没有买过带有香味的纸巾。当然，我也没有换成贾娴淑买的那种卷卷纸。

大家对早餐比较满意，都说原来的早餐顿顿就是牛奶和鸡蛋，现在每天都有花样，烙饼、羊肉、包子、面条、花卷、绿豆粥等都有，丰富多了。

古副经理吃完早餐，对我说："我喜欢吃辣椒，你让厨师给大家炸一盒，用小尖椒炸。"我进到厨房，给秦姬艳说了。秦姬艳说，我能进来公司里做饭，是宋亚斌的面子，与别人没关系。我做得好与坏，不是一个副经理长说了算。再说，一个副经理，想吃这个那个的。人人都这样，我还做得过来吗？

第一次面对秦姬艳的反驳，我怔住了，心想，不就炸一份辣椒嘛，用得着想这么多吗？这么懒。当下就再没说什么。

第二天早上，我看看桌面，桌面上摆着炝水萝卜、鸡肉摊馍馍、凉拌黄豆芽，我看到辣椒盒里没有油炸的小尖椒。我看看古副经理。古副经理用筷子蘸了一下辣子盒，看了我一眼，好像在说，你这孩子，忘了我说的要炸点小尖椒了。但是，口里却什么也没有说，自然地用筷子夹了一张摊馍馍，放在自己面前的碗里，慢慢地吃着。

昨天说着这事时,办公室主任刘亮也在。这时,他察言观色后,立即对我说:"你安排一下,让厨师炸一份小尖椒,我也喜欢。"我本来不想再提这事,看着刘主任的脸。刘主任立即示意我,不要推辞。我走进厨房,说"明天炸上一份尖椒,刘主任也喜欢辣味"。秦姬艳一边盛烫,一边说"一个主任,还想安排啥"。我说:"你是厨师,你负责做就行了。"语气比平时重了几份。"人人都来安排,我能做得过来吗?"秦姬艳眼皮也没有抬一下,淡淡地说,然后解下了围裙。

秦姬艳

看着白描画面对我的拒绝，接不上话语的样子，我觉得我真是一个能行的女人，有先见之明啊。

前几天，贾娴淑对我私底下说过，公司里人多嘴杂，众口难调，你要让每个人都满意，那是不可能的。想要大家说不出你的不好，最好的办法就是一个，听管灶的就行了。

我为此专门问过宋亚斌，谁是管灶的，宋亚斌说"贾娴淑"。我问："那白描画是买菜的？"宋亚斌说，"嗯"。加上贾娴淑平日里对灶务的指点，让我更加相信她就是管灶的。

我家住在专业公司旁边，每年在专业公司忙时，过来帮灶，对专业公司的特点很熟悉，知道贾娴淑不但是会计，而且是宋亚斌最信任的心腹。有了这两样，在我看来，一些副经理也不如贾娴淑在这公司里的分量。至于刘主任，在我看来，可有可无，全凭仗着宋亚斌老乡的关系，才在这个公司立了足。对于这个买菜的白描画，那就更差得远了，她长着一张娃娃脸，从来就是公司里最无足轻重的角色。在我看来,她在这公司里的分量连个看门老头也不如。

　　白描画在纸上写下第二天要做的主食、菜和汤的名称,她一边写,一边说,食谱是一幅画,红色、绿色,主线、辅线,布局与构图,都要考虑。然后她走出去把所需要的菜买回来。

　　我看了后,说:"少一分葱,少了蒜,再买去。"白描画就乖乖地走出了大门,走向蔬菜市场。

白描画

这些我也能忍受，不就多跑一趟嘛。我不愿意做的就是买猪肉和羊肉，我不喜欢肉膻味，尤其是大热天，肉市场充满了腥膻味，我就会有一种翻胃的感觉。但是，为了大家能吃上鲜嫩的肉，我央请公司里的司机帮助自己买。只是，我自己从来不吃那些肉。

贾娴淑一边吃着肉包子，一边对我说：你在蔬菜门市买菜，每天的菜价到底是真的，还是假的？我反正是知道他们是能多开的。

我说，你做了多年财务工作，公司所有的东西都是你购置，你管了几年灶务，怎么个买菜怎么个开条据，你当然比我清楚多了，那你说，该怎么办？

在贾娴淑管理灶务时，我和公司里的申雪博，在她的安排下，也常模仿卖包子的，卖油旋的，卖羊杂碎的人打白条。但是，那时，我不知道有朝一日，我竟然接替了她的工作，原来这曾是她的权利和隐私。当时，我自己怎么就不知道可能会有假呢？自己怎么就那么简单呢？

现在听了她的话，我明白她是怀疑我，会打白条充账务。于是，我就说："那就在超市里买。超市的收据单上不会有假。"

她点头同意，不再说话了。

我从超市里买上了菜，提着两袋沉甸甸的蔬菜向单位走去。太阳正热烈地烤着大地，脚下的方砖火烤过一般滚烫，一只小狗耷拉着耳朵，下巴吊着鲜红的小舌头，它的小爪丫落在砖上，滋滋的蓝烟冒起来。小狗呜呜叫着，提着四只小脚丫，向大树底下跳过去，卧下，吊着舌头，哧哧地喘气。树上的鸟儿垂着翅膀，不出声，静悄悄地，好像鸣叫声会引来阳光锋利的光芒，追杀自己。阳光炙烤着我的脸孔和胳膊，好似针尖扎在我的皮肤上。我想，应该戴一顶帽子，遮住毒辣的光线。正想着，抬眼看到了贾娴淑正撑着一把伞往单位走，伞面的刺绣图案耀眼，华丽。

"太热了！"我对她说。她笑了一下说："你可真能提，这大热天的，你咋买了这么多菜？"

"也是，天热得很，我的手也被这塑料袋勒得疼。"

她接过来一袋，提在手上，"你还是每天少买点菜，让秦姬艳少做点。每天早上剩饭多，我家养的一条大狗，也吃不完咱们灶上的剩饭。你看，这都是个人的早餐费，不能这么浪费"。

"可是秦姬艳说，每天的菜不够啊。"

"她在瞎说，你看不出来，她想找你的茬？"

"我没惹她，她干吗找我的茬？"

"你要是不买菜了，她就不找你的茬了。"

"要不然，菜就由她买去。我做我的本职工作就够累了的。"

"你想想，菜要是由她买上，咱们每人得多出多少钱？"

"我不想做这份差事了。还是她买吧，大不了拿点菜水，还能怎样？"

"秦姬艳既想把饭做上，又想什么东西也都由她买上。谁会同意她这么做？她一个临时工，谁敢给她这样的权利？！宋亚斌也不会同意的，当初定下了你，你就凑合着干一段时间，然后找个理由推辞掉。到时，看谁给她秦姬艳做管理员……"

"也好。"

我汗水淋淋地把菜提进了厨房，秦姬艳看了菜，说，超市里的菜不如蔬菜门市的新鲜，还是在蔬菜门市买吧。第二天，宋亚斌来吃早餐时，秦姬艳说了菜的新鲜与不新鲜的区别，宋亚斌说，对，还是在蔬菜门市买，新鲜些。

我走进蔬菜门市，弯下腰，一根根地挑拣豆角，均匀，细长，新鲜，蔬菜门市卖菜的女人笑了，"都像你这么细致，那灶上的管理员都累死了。附近几个单位的都在我这里买菜，人家是打个电话，我们直接送去就好了"。我听了，就把这个意思说给贾娴淑，也想每天打个电话，就把菜搞定算了。

贾娴淑

我一听，心里想：这样做，你倒是轻松了，秦姬艳也高兴，可是，我呢？难道我不懂得——一道菜的做成，需要不断地加温；一个股票的中奖，需要不断地投注；一个高手的脱颖而出，需要持之以恒地练习……

我坚决摇头，脸上换上严肃而认真的神态。"不能！还是你买吧，你要是不买，那肯定好活了秦姬艳。你没看见她这个人是个爱占便宜的货，你又不是不知道。要是她买菜，咱们每个人的伙食费肯定多出很多。"

我知道，白描画听了以后，一定会因此心生一丝对秦姬艳的无奈和厌恶。

下午，我对白描画的工作进行监督检查。我打开厨房门，看到白描画留在纸上的饭菜表，主食：花卷，汤：绿豆稀饭，菜：猪肉炒粉，青辣椒炒西红柿，凉调油麦菜……我想起自己那时管理灶务工作做得比较简单，只用说一句话，由老厨师自己做主，哪像这白描画，写得样样行行的，不嫌麻烦？

我东看看，西翻翻，随手拿起黄瓜洗一下，吃一吃，把剩下的半截黄瓜扔在厨房的案板上。接着打开清油缸，把清油倒出来，放在木头案板上的碗里……第二天，秦姬艳自然看到了这一切，自然而然地认为是白描画一个人在厨房里乱翻乱查看，对她进行监督，"这简直是不信任人嘛，每年帮灶时也没有人这样监督过，哼！"秦姬艳果然把不高兴的意见说给我听，等白描画来了以后，甩脸子给白描画看。

白描画不知道秦姬艳的心理活动，还以为秦姬艳心情不好，于是，就帮助秦姬艳擀面，揪面，秦姬艳脸上挂着冰霜，一言不发。

白描画就没话找话说，"你的面做得好，宋总说爱吃你做的饭"。秦姬艳冷着脸："我的饭做得好，又能怎样，有些人还是对我横挑鼻子竖挑眼，翻看灶房。想把灶房翻过了看几遍？是啥意思？"

白描画不知道秦姬艳说的是哪里的话，有点丈二和尚摸不着头脑的纳闷，我隔着玻璃窗，看她的样子，是要问秦姬艳说这话的缘由，我当即走进了厨房。秦姬艳脸上立马堆着笑，问"贾会计，你要点什么？"好像换了一个人似的，白描画怔怔地看着秦姬艳，她一定更加确切地知道那脸子是甩给她一人看的。嗯，她知道了，她放下正在揪着的面条，转身走出厨房，她心里有了疙瘩。

一场夜雨落下，院子里的矮牵牛花朵开得越发鲜艳。花蕊中，还留着晶莹的雨滴。几朵花瓣不知是不经风雨，还是花期圆满，竟然飘落在地，白描画看了看，轻轻地叹息一声，转身离开。

秋天，新洋芋上市了，白描画买了些洋芋，安排秦姬艳拌上白面，蒸成不拉子，并炒些西红柿和绿辣椒做佐料。我进到餐厅以后，看到大家满心欢喜地吃着新鲜的不拉子，老总宋亚斌还没有进到餐厅。我走进厨房对秦姬艳说："把不拉子炒一下。"秦姬艳说"白描画说不用炒。说是新鲜洋芋，好着哩。"

我说："她懂个啥，你按我说的做，宋亚斌爱吃炒过的。"

秦姬艳听了，一边炒着，一边："这个白描画，既是个买菜的，又不了解宋亚斌口味，尽瞎安排，害得我多做活。"宋亚斌进来餐厅后，看到一盘炒过的不拉子，笑着问，谁给我炒的不拉子？我说，我刚让秦姬艳炒的，味道好吗？宋亚斌点了头，大口大口地吃着。秦姬艳站在他旁边，开心地笑着，笑容深入了她脖颈里的褶皱。

白描画转身出去买菜了。她买菜回来时，我看到秦姬艳翻起眼睛，一边洗碗一边对她说"你以后光买菜就行了"。

"你的意思是？"白描画问。

"我的工作不要你安排。"

白描画立即转身走出了厨房。脸色难看。

我慢悠悠地踱进厨房，"白描画怎么看起来是生气的样子？"

"这个瘦得像电杆一样的女人本来就没有多少笑脸。"

"你说人家瘦得像电杆一样，你知道人家说你是啥？"

"啥？"

我看了一眼肥嘟嘟的秦姬艳，"人家说你像老母猪。"

"她还敢骂我胖。看她那身体，瘦得多难看，我才一脸福相呢。"

"咱们悄悄说，不要让人听见了。千万不要让白描画听见了。"

"听见了，她还能咋地？"

"万一她不卖菜了,你还不得回家?"

"我一个也能做了饭。"

我鼻子里哼了一声,心想,你想得美,嘴上却说:"人们都说白描画管灶管得好,那是瞎说,其实,是你做饭做得好。离了她,你照样做的是好饭。平时,你不要长了她人的心气。人活一口气,对不?"

此后,我闭着眼睛都能想到秦姬艳肯定是不听白描画的了。面对这些,白描画对这个卖菜的工作越来越不喜欢,也做得越来越郁闷。当看到秦姬艳把一些蔬菜倒进了垃圾箱后,白描画生气了,她对我说:"我能容忍秦姬艳把剩下的花卷等等背回家,因为毕竟没有糟蹋嘛。"她皱着眉头给我说了,希望我能批评一下秦姬艳。

我一听,故意恨恨地说:"这个秦姬艳,不知仗着谁的势,想咋样就咋样,我看过不了几天,还把咱们单位的家当了去。你给宋亚斌说说,我也说说,不能由她胡来。"

白描画拧着眉头一声不吭,她想来想去后说,"这样的小事还是不要给老总说比较好"。我想了一下,下午就把此事报告给了宋亚斌。宋亚斌接着就把白描画和秦姬艳叫到办公室,有各打五十大板的意思。秦姬艳走出宋亚斌办公室,就把展现在宋亚斌面前的笑脸换成了一脸怒气,对白描画说"灶房的事谁说了算?你还是我?"

"当然是你了。你不是爱给领导告状嘛!"白描画一边往院子里走,一边嚷嚷:"一点蔬菜的事竟然让老总出面,你仗着和宋亚斌走得近的关系,啥事都给老总说。我不喜欢这样的做法。"

"孙子才给老总告状了!"秦姬艳怒气冲天,她以为是白描画先给宋总说了她的不是。

白描画怒目相视,重复了秦姬艳的话,"对,你说的对,孙子才给宋总告状了!"

三言两语过后,秦姬艳本来就有市侩女人本事,知道白描画没有抗硬的社会关系,更知道白描画是一副柔弱的身板。她大声说:"这样的女人也竟敢和我这样有宋总撑腰的人一般见识!"索性放开嗓门,把市侩小民的脏话在公司宽阔的大院里大声撒了一遍。

那时,我站在二楼办公室窗前仔细观看,我看着秦姬艳在院子里撒泼的样子,心里的喜悦闪着快乐的光芒,仿佛不断投注后终于得了大奖的彩票投注人,心里乐得开了花。看来要打架了,打啊,我对白描画轻声喊,扑过去,打啊。哼,我绝对是不会拉架的。最好能打得头破血流,两败俱伤……

白描画无地自容的样子,我看在眼里了。我分明看到她的脸面被秦姬艳撕得粉碎。等等,她怎么一退再退,连叫骂声都没有呢?她没有一点冲动。红着脸,一言不发地走上了二楼通讯员的办公室,我听到她在拨电话,原来她拨通了司机卜耕田的电话,说了秦姬艳的状况,看来她希望卜耕田能说一句话,给她个台阶下来。

宋亚斌

我看着白描画愤怒的样子,心想:无论如何,不能让偏激的事情发生。我要用平和的手段化解白描画心里的委屈,我要用平和的语言安抚这场河蚌之争渔夫得利的吵闹。

作为一个领导,从心底来说,我不喜欢白描画在我面前一直寡言少语,更不喜欢白描画眉目间偶尔流露出的傲气,她凭什么给我傲气,她难道不知道她的升迁之路由我把关?现在,这个傲气的白描画在我的面前泪花闪烁,只能等待着我来主持公道,我感到心里很熨帖。

坐在办公桌后面,我看着面前的白描画说话的声音很低沉,有着痛心的激动。我想:原来你也有激动的时候。一起工作了十年了,好像没有见过白描画激动过,就连几年前下她手里的公章时,她也没有激动过,让我精心准备的台词没有用武之地,就像拉满了弓,搭上了箭,却丢失了靶子一样,让我觉得很不得意。

时间是一个奇妙的化学方程式,能变化出意想不到的物质,它让白描画由一个满脸稚气的学生变成了一个无声无息的职场人员。十年了，几乎每个工作日都可以看到她。要么是她敲门后走进我的办公室，把文件夹放在我的办公桌上，有时说一句关于文件上报的时间，有时一句话没有就转身出去。要么是我把批示后的文件夹送到她的办公室。那时，她会由坐着的姿势变成站立的姿势，接过我递过的文件夹，一般是我不说话，她也不说话。

还有就是会议上，她总是坐在我的斜面处，低头写着字，有时抬起头来，眼睛看着发言人的嘴巴。凡是坐在会议室里的人都用嘴巴发表一番见解。唯有她，从会议的开始，到会议的结束。她的嘴巴始终抿着，没有声音。无论会议上的气氛多么活跃，还是多么沉郁，她都是一个没有语言也不表达的人。为此，我常常忘记她的存在。当然，我从来就没有在意过会场里还有这么一个人员存在。我觉得她是一个茶杯，或者是一个钢笔，只是一个工具。

我记得她曾提出不愿意做会议记录的申请时，我想：办公室里怎么能少了茶杯或者钢笔呢？当然，我心里也明白其实有没有这两样，并不影响工作内容。但是，有了当然更好啊。所以，我听了她的申请后立即反问：不做会议记录，那你做什么？财务、项目、统计都有人，岗位满着，你总不能什么都不做吧。说完，我就低头看文件，示意没有她选择的余地。果然，她看了一下我的表情，一句话也没有再说，就接受了我的否定。

一年一年，我们都在职场的空白中度过。我从来没有看见过白描画泪水盈眶的样子。而今天她这样的原因，离不开贾娴淑从中作梗的因素。当然，不能说白描画没有缺点。我明显地感觉到，白描画性格里有一种让人看不懂的东西。我不知道这白描画到底在追求什么东西。是名？还是利？

若说是利，这十年来，她悄无声息地与白纸黑字打交道，每天穿梭在各位领导的办公室，没有听到她给哪一位领导提出任何关于她自己利益的问题。每年公司的项目投资上亿，多少人托关系带人情，挤破头皮，挤在领导跟前，争取项目，赚取丰厚的钞票。她是专业学校毕业的，有资格做这些项目，但是，她从来没有争取做一个项目，好像忘记了她当年学的专业是什么。

是她在追求名？我立即否决了这个想法。这么多年，她从来没有要求给她一个表彰奖状。每年，从县级到国家级，都有不少表彰先进个人的指标名额。这些指标名额的文件从她手里传来传去，她怎么就不会说一句关于要个荣誉奖励的话呢？这样的情况放给公司里任何一个人，肯定不会像白描画这样不言不语，而是一定会找种理由获得这个荣誉奖项。这个白描画，每天不言不语，无声无息地整理那些无声无息的文件材料，然后无声无息地把它们放进了无声无息的档案室里；或者，无声无息的坐在不起眼的角落，无声无息地写着会议的内容与决议……她利用周末时间，在民营报社里兼职，写了不少公司里的正面信息，登在报纸上，她没有以牙还牙地报复我给她的职场黑暗。

会是义吗？想到这个词，我心里泛着淡淡的温情。一些影视武打片主要演绎的是人与人之间的情义。讲义气的武林高手总是与邪恶力量的代表人打打杀杀，结局是——要么一起死亡，要么，邪恶被消灭，正义携手美女隐居山林，从此过上了人间有仙侣的生活。问题是，这些都是故事，故事是虚构的，是用来抚慰人的精神层面的。虚构的东西从来就不是生活的重点，更不是职场的规则。难道这白描画把书看多了，走火入魔了，混淆了生活与剧作的界别？应该不是。

想了这些后，我皱了一下眉头，这些小职员的小事还用我来操心，我这不是给自己找累嘛！然后拨通贾娴淑的电话，说"既然事情这样了，那就停灶好了"。接着又拨通秦姬艳的电话"没有人愿意做管理员，灶只能停了，你的工作我另外给你找一个……"

贾娴淑

白描画在宋亚斌办公室请宋亚斌主持公道时，我正在和众人谈论秦姬艳和白描画骂架的事，我的样子是眉飞色舞，最后一句是画龙点睛的："这公司里的女人没一个成事的。宋总说了，谁也不如我！"经过反反复复地练习，这一句画龙点睛的得意之笔，我已经画得相当熟练了，也相当顺溜了。那时，耷拉着脑袋的白描画走过楼道，我肆无忌惮地看着她，然后把画龙点睛的句子说给白描画听。

白描画听了后，眼睛盯着我看。我没有收缩胜者为王的气势，我也没有伪装自己的表情，古人说得好，谁笑到最后，谁才是胜者。我亲自编导的戏剧已经到了最后，我不笑，不得意地笑，难道让被赶走的秦姬艳笑？还是让被秦姬艳骂得满脸灰土的白描画笑？我说了，胜利属于我，在这个公司里，谁也不要与我抢什么风头。我眼前的白描画，站在原地半天没有动一动，我想，她脑子里是不是突然有了项羽拔剑自刎的画面。其实，我喜欢刘邦这个角色,我喜欢胜者为王的故事。白描画不能结束这场失败。"职场如战场"。不动脑筋不熟悉人情世事的白描画已经身败名裂,她失去了与我竞争的唯一筹码。白描画转身走下楼,始终没有说出一句话。我冷笑着看着她的背影慢慢消失,胜利在握的感觉真好。

白描画

　　我听到了贾娴淑说给大家的话,我看到了贾娴淑扬着脸的得意神态,我有点恍惚地看着她扬着眉眼的姿势。我走到她的身边,她看到了我,挺了挺腰杆,跟着把弧形的胸部向前耸了又耸,我看了看,她的身边没有男性,她挺着胸部,难道是给我看?我又不是变态人,就算把胸部耸立成华山,我也不觉得有什么稀罕之处。随即,我明白了,她在展现她的魅力,女人胜利的魅力。我转身走过她,走上楼梯,我听到低沉的陶埙音色响彻楼道,这远古的声乐从幽深的乌江中传来,绕着铝合金的窗户凄婉地响,绕着铁质的扶手忧伤地低下去,低下去,落在灰白相间的大理石地面上,悄无声息,与秋天的凉气融合了,无言地伤感着。

　　我想起昨天卜耕田说的话:"我正在和宋亚斌亲戚在一起喝酒吃饭,你们自己看吧。"我捏着已经挂断的电话,久久不放。话筒里传出嘟嘟的响声,在我的耳边陶埙一般响着,低哀地发出冷落清秋的不堪。出师未捷,英雄泪湿,自古有之。我一个小职员,不配泪湿衣襟。我感觉到冷,我想,我需要一束温暖的火焰,或者一只温暖的手掌。

下班时间到了,我踩着灰色的小砖,一步一步地往回走。小砖上有零星落下的槐花。去年以来,县上号召要创建卫生县城,由县财政出资,把大街两旁的道沿统一铺上了二十公分左右大小的砖块。街道整洁多了,两旁的长方形高楼一幢挨着一幢,大块大块的玻璃幕墙反射着灰色的冷色调,行道树忧伤地站着,淡黄色的槐花正在飘零,飘零……

我到家门口时,女儿拉开了门,一双黑眼睛看着我。我知道一定是女儿听见了我的脚步声。我也知道每天都是上班,上班,陪女儿的时间不多。时间久了,女儿也习惯了,只是在情感上还希望妈妈能给她买点好吃的带回来。

我抱歉地亲了一下孩子。看了门边,没有老公的鞋子,知道他没有回家。我蒸了米饭,熬了一点小米粥,炒了一盘土豆片。吃过饭,女儿看动画片。我洗过碗筷,从太阳能里放出热水,让女儿洗脚洗脸后,安顿女儿睡觉。女儿还小,老是蹬被子,我就把她安顿在自己的房间。这时,老公回来了,带着一身的烟酒味。

自从做了鼻窦炎手术后,我对烟酒味非常敏感。我皱着眉头看了柯明鑫一眼,没有说话。

柯明鑫没有洗漱,直接走进房间,很快打开电脑玩起了游戏。声音很吵。听着这吵闹的声音,我刚刚平静下来的心情开始翻腾,好像风沙中的水面,有了混沌。头也开始隐隐作痛。

我走过去,说,"你能不能把声音放得小一点!"

"不能!"老公柯明鑫猛然瞪起眼睛,凶神恶煞似的回答。

"你……！"

三言两语，我们吵起来，柯明鑫借着酒气，砸了茶杯，骂了许多脏话，还打了我，我看着他酒后不良的形象，觉得心底的悲哀像洪水一样疯狂奔流。我扬了一下头，像要把悲哀倒回心底的样子。在单位，在领导和同事面前，我不想让他们认为我是脆弱的，我常常在受到委屈时，昂一下头，然后一脸冷静。现在，我想自己应该冷静。我很快走出老公的房间，顺手狠狠地带了一下门，直直走进自己的房间，看见女儿白白的小胳膊放在被子外面了。我轻轻把女儿的小胳膊放进被子时，女儿睁开黑眼睛看了我一下，就安然地睡觉了。

我躺在床上，耳朵里全是游戏的声音，我内心烦闷极了，头痛得阵阵发颤。我穿着内衣，穿着拖鞋，在客厅里走来走去。走着走着，我看到客厅的地板在旋转，在崩塌，我在急速下坠，坠向黑暗。我不要黑暗，我要光，哪怕是暗淡的星光。我抬眼望向上空，我看到了梵高的《星空》。我看到了旋转，时空旋转的星空。现实在崩溃，我在分裂，是有丝分裂，还是无丝分裂？我不能回答，我想，我的生命在继续分裂还是应该终止？"妈妈——"女儿的声音如一条长长的树藤，从卧室绕出来，绕在我的身上。我离开了幻觉中的世界，回到了客厅。我觉得眼前有些晃悠。我想，还是回到床上去比较好。

我走回房间时，发泄似的用劲甩了一下门。门在身后"啪"地一下关住了，面前一片彩色坠落在地。我一看，贴在走廊墙壁上的图片被甩过来的气流冲击得掉了下来。这个图片是婚纱照的其中一个，一男一女分开站着，只把嘴巴凑在一起，做出亲吻的样子，那情景好像非常投入。男的是老公，女的是我自己。照片拍出时，摄影师为能拍出这么专注亲吻的照片而开怀。我看到照片时也是心动不已，专门贴在走廊的墙壁上，便于随时能让自己沉醉于家庭生活。

"美好的情景只存在于镜头前的一瞬间，然后就销售给了琐碎的生活。"我心里一寒，一道寒光像一把剑斩断了过去的情感。一个念头在我的心间翻腾：分开、离婚是最好的解脱方式。我弯腰抓起躺在地板上的图片，两只手向相反的方向一拽，一男一女，瞬间各分东西。我狠狠地随手一扬，地板上躺着两个图形。我完成了分道扬镳的过程。疯狂地举动过后，我有些虚脱地"死"在了床上。

我眼角的余光看到一双小手一下子捡走了各自分开的两个图片。我睁开眼睛，看见女儿拿着图片，急急地跑出了卧室，那焦急的样子仿佛是正在抢救生死之间的病人。女儿身上没有穿衣服，只挂着一件小背心，还光着小屁股。这几天，女儿老感冒。前天才输完液体，医生说是感冒引起了气管炎，天天夜里都在咳嗽。

"宝贝，宝贝——"我伤心地叫着，可是，女儿一声不应，不回答我。

"她在干什么呢？要是感冒了，可是又要输液的。"我不愿意看到女儿打针输液。我只好从床上爬起来，走出了卧室。我看见女儿趴在地板上，光着小屁股蛋，正全神贯注地用胶带把分开的两个男女往一起粘。可是，孩子的手那么小，胶带又宽，她手里没拿剪刀，胶带团拽在图片上。她正在撕扯。

"宝贝，你在干什么呢？"我心疼地说。

"妈妈,你为什么要把你俩撕开呢?"女儿抬起头来,问我。我看见女儿的黑眼睛里盛满了泪水。

我心底一抖,突然发觉自己太自私,只想着解脱自己的痛苦,却从没有想一想女儿的感觉。假如与老公分开能让自己不痛苦,那么能让女儿快乐吗?离婚后,我和柯明鑫的的故事不外乎——过一段时间后,他再娶妻,我再嫁人,他和我也许会找到一个比前夫或前妻更适合自己的人。可是,孩子呢?难道孩子还能找到一个比自己亲妈亲爸更疼爱自己的后妈或后爸?还有,孩子在接受后妈或后爸的时候,该是怎样的难过?她还没有到把自己的难过完整地说给别人听的年龄。那样的话,就憋在孩子的心里,那会给她小小的心里留下多么重的痛啊。

我抱起女儿,亲吻了一下她的小胳膊,说"宝贝,小心着凉"。

"妈妈,我要粘住……"

"宝贝,妈妈明天重洗一张新的贴上。"我从女儿手里拿过了图片,放在床头柜上。

睡在被窝里的女儿两只小手一会儿抓一下头发,一会儿抓一下被子,就是不入睡,我说:"悄悄睡,妈妈累了。"女儿说:"妈妈,你答应我一件事,我就睡觉了。""好。"女儿说:"妈妈,你不要和爸爸分开。"

我心里一惊,这小孩子怎么知道了我的想法。我暗暗恨自己,"如果女儿不快乐,自己还会快乐吗?"

"不会,不会。"我肯定地回答自己。女儿是我的心肝。如果女儿不快乐,我哪里来的快乐啊。我低头亲吻了一下她的小胳膊,"妈妈不该这样想,是妈妈对不起宝贝"。我喃喃自语,眼里的泪水仿佛断了堤的江河。心想：在宝贝你的面前，你爸爸给妈妈的痛苦就是一阵风，扬一会儿沙，沙过去了，还会有万里无云的日子。就算不是一阵风，是一辈子，也不过是几十年，长不过百年，妈妈也愿意承受。但是如果你痛苦了，那就相当于如来佛的手掌压在了妈妈的身上，妈妈的痛苦一定就是五百年，或者更多。

所以，面对老公的酒后滋事，我口里坚决不说"离婚"的词。这不是因为我和老公恩爱情深，也不是我钟爱贞洁的名词，是因为我对男人不抱任何幻想。我认为男人都像孩子，真正可以依赖的没有几人。把自己的感情和幸福寄托在一个男人的身上，那简直就是一场赌博，俗语说得好"十赌九输"，输得轻了也就罢了，输得重了，就是身家性命。最典型的例子当属李隆基和杨玉环的历史故事了。一个是富足天下的唐明皇，一个是年轻貌美的寿王妃，本来各过各的一样幸福，但是，那唐明皇爱上了自己的儿媳妇，采取手段揽入胸怀，"君王从此不早朝""三千宠爱在一身"，看来是爱比海深，情比金坚，无以伦比了。但是，真实的历史事实却是马嵬坡兵变后，贵为天子的唐明皇面对皇权、面对生死时，没有像个男人一样，挺身而立，誓与玉环同生死，而是自己下令：先杀玉环，以谢天下。仿佛当年是杨玉环非他不嫁，逼迫得他不得不纳她作妃……爱读历史故事的我觉得皇帝都如此，凡人更如此。与其找一段让自己伤心的情节，还不如写一段缥缈的文字呢。所以，在我看来——找情人，那简直是扯淡！

我觉得我是独自一人，风雨兼程，走得很累很苦。退一步吧。退一步会怎样呢？当然就是回到走过的路上，去找从前的感觉。我想退一步。退一步就是不写辞职报告，不领工资，不领离婚证，安静地离开公司，离开老公，然后把未知交给远方。我多么想这么做啊。

我这样想着时，窗外的风声掠走了我的想法，一会儿，雨声开始敲打玻璃，发出凄楚的低音。如洞箫，如洞箫演奏的《秋窗风雨夕》，凄凉，幽怨，如泣如诉。我知道这样的幽怨无人倾听。我披衣而起，悄悄走出卧室，拉开客厅的窗帘。在狭窄的现实里，我看见黑影绰绰的高楼，狰狞。我拉住窗帘，坐在客厅的沙发上，拉亮墙角的小明灯。小明灯发出单薄的光线，照亮屋内的黑暗。我翻开层叠如岩的书本，眼睛细细阅读白纸黑字里的千年恩爱，耳朵倾听落雨在窗外缠绕。雨点落下，我听到黑夜在叹息，在歌吟，在舞蹈。

我在书边写下：

> 度我在秋夜的雨声里，
> 度我在如水的星河里。
> 薄薄的纸页，
> 比爱情厚重。

我接着写：

> 白纸黑字可以承载人类所有的悲欢离合。

我拿出小圆镜，看着镜里的自己。我的左手伸进我的头颅，找到了记忆的线段。我的右手持着剪刀，剪切了不幸福的记忆

（剪去了记忆中痛苦的一段），像园丁剪去多余的枝桠。不经过修剪的花木不会秀美，不经过剪辑的毛片不是电影，不会取舍的女人无意存活。我要活着，我要快乐。长痛不如短痛，这是奶奶的哲学，我在应用这样的哲学。

我看到我在镜子里取出针线，如一名手术大夫一样娴熟地缝住了断裂的记忆，只保留了快乐。我在不痛苦的时候，升华的自己的思维。我接着在书边的白纸上写到：

除此而外，没有什么可以承载思想的轻与重，人生的黛与蓝。

我是小女孩

在我把这个女人称作妈妈之前,我在白云之上翱翔,我的翅膀上卧着洁白的圣水,我的耳边飞着钢琴的声响,飞着春天的分子,那是《春之歌》的旋律,简单,轻快,是一个天使特有的欢乐。我喜欢我耳边的声音。没有声音的宇宙,是孤单的,同样,没有声音的灵魂,也是孤单的。因为有声音,有色彩,在广袤的天空,我从来没有感觉到孤单。我听到白云发出洁白的声音,白雪开花的声音。有一天,白云之下的乌云与乌云相撞,激发出猛烈的电火,电火燃烧着天空的云朵,许多白云掉在火海里,化为灰烬。我抖落翅膀上的圣水,升华了火海。火海化作一缕青烟,穿过我的左翼,我如被导弹击落的战机一样掉了下来。坠落的声音是手指划过高音1的声音。在这样的声音的伴奏下,我掉进了一个女人的梦里。

这个女人在梦里,把我抱在怀里,就像现在这样抱着。明亮的灯光照着房间,妈妈和小姨在拉话,我在她的怀抱里。她摇晃着身体，把自己当作摇篮，随着话语的节奏，二分之一的节拍，自然地摇动。我有点担心我会从妈妈的怀抱里掉下来，因为我总觉得妈妈抱我的胳膊是松松的。就像那天，她松松地抱着我，然后一不小心，我掉进了她的肚子里。可怕的事来了，我发现我飞不动了，我就着急地振动翅膀，发出快节奏的声音，被她感觉到了，她到医院一检查，医生告诉她怀孕了，她就怔住了。我看见她的心不停地念叨，我不要孩子，我害怕生孩子，我不要给柯明鑫生孩子。柯明鑫是谁？我马上明白了，就是站在她身边的那个高个子男人，他听说妻子怀孕了，马上心跳加快，眉头上的疙瘩自动解开，有个词据说就是形容这种情景的，眉开眼笑，要不，就是喜上眉梢。他的喜悦只存在了三分钟，三分钟过后，他开始问医生，什么时间怀孕的，医生说怀孕有两个月了，他眯着眼睛，脑细胞飞速转了几圈子，然后对医生说，不对，两个月前我不在家，怎么会怀孕，医生马上抬起头，吃惊地盯着眼前的两个人，看了看，用专业的口气说，怀孕是排卵期才能完成的，你们自己算。你想想，我当时的心情，妈妈不要我，爸爸怀疑我不是他的基因。我当时的心情凉透了，这是一盆冷水浇在我幼小而鲜嫩的心灵上。我冷，我缩小自己，我自己抱着自己，我自己温暖我自己。

晚上，妈妈关了灯以后，睡在被窝里，偷偷哭，她一哭，我的浑身就被眼泪泡着。那些咸咸的眼泪，就是海水。唉，为了拯救白云，我化解了火海，却让自己流落在海水里了。我苦啊，柴可夫斯基的《e小调第五交响曲》在我心里响着，相似悲怆三部曲，我一个人在封闭的环境里，与命运斗争，我的呼喊，我的低沉，我的回旋，都在反复进行。狠心的妈妈根本不听我的心声，她自顾着她的心情，哭着哭着，睡着了。天亮了以后，她竟然背着爸爸去了医院，要打掉我。她问了医生怎样打掉孩子，我一听，心情简直糟透了，那情景就是手指拨动琴弦，琴音缓缓流动，突然，嘣的一声，一根弦断了，对，就是这种声音。断弦的声音凄怆，惊人。一切静止了，四周安静了，空气凝固了。我渴望时空凝固，我不要这么不负责任的母亲。都说母爱是伟大的，我怎么就没看到呢？这个胆小又自私的女人，根本不配做个母亲。我完全被她忽略了，她压根没有意识到，她已经是一个母亲了。她亵渎了母亲的天职，那就是保护孩子，保护孩子，保护孩子。指望不上这个女人，我只能依靠我自己。

我是一个生命，我有生命的密码，我发出求救的声波，我隔着妈妈的肚皮，向医生传送信号，信号在命运交响曲的推送下，直达医生的灵魂，他马上接收到了一个天使的信息，强烈的信息，生命的信息。他一边细心地解答流产的过程，一边添油加醋地说明流产对女人的种种不利：流产也是一个手术，凡是手术，都有生命危险，这是其一，其二……等医生说了其四之后，那个狠心的女人脸色苍白，她受到了惊吓，她匆匆离开了医院。我以为她改变主意了。晚上，我听见她给她的妈妈也就是我外奶说，她要做流产手术，让外奶陪她去医院。我灰心了，我在她的肚子里哭了，我伤心了。坠落人间，是一次修行，如果被人打掉了，那就意味着一个生命体将要灰飞烟灭。我要活着，活在有声音有色彩的空间。我不要黑暗混沌的状态。我哼着《十面埋伏》的曲子，给外奶听。外奶先是听到了妈妈的请求，她就不高兴，接着又听到了我的声音，外奶静静听了一下，然后，把脸转向我妈妈，也就是她女儿，把脸色沉了一沉，清了清嗓子，不轻不重地说了几句话："结婚就是为了生孩子，不生孩子，结了婚，也不长久，孩子是夫妻的纽带。"我妈妈开始哭，外奶一看，也知道我妈妈还是害怕生孩子，就说了许多生孩子的好处，然后为了打消我妈妈的主意，停了一会儿，用神秘的口气说，头一胎孩子不能不要，是挡墙墙的，然后又举例论证没有第一个孩子，肯定就没有第二个，然后又从反方向论证了没有孩子的女人是白做了女人一回，也就是说，不生孩子的女人是过着生不如死的日子的。最后，外奶表了她的态度：坚决反对。我妈妈虽然闷闷不乐，但是也不再嚷嚷打掉我的话题了。

我就这样受着委屈，每天都能听到米歇尔·勋伯格谱曲的《繁星》，听着听着，我就哭了。哭的次数多了，我的眼泪把妈妈的肚子装满了，我妈妈可能也听懂了我的声音，她走到专卖店，买了胎教机，给我听《憧憬人间》《小蝌蚪找妈妈》《摇篮曲》《游来游去的小鱼》等等，但是，我还是忘不了她要打掉我的事。直到医生把我从妈妈的肚子里抱出来。我大声地哭，哇哇地哭，哭出我的委屈，我的愤懑，我的不高兴。其实，我更多的哭声是因为害怕她不爱我。她希望我长得像她，圆圆的眼睛，但是我爸爸希望我长得像他，细长的眼睛，我其实计划一只眼睛长得像妈妈，一只眼睛长得像爸爸，这样妈妈爸爸都爱我，可是，我每天太委屈了，所以计划工作没有完成，我的两只眼睛被眼泪泡扁了，只像爸爸，不像妈妈。爸爸第一眼看到了我，立即抱着我，亲吻我的小脸蛋，我感觉那是他在亲吻他自己。每个人都最爱自己。这是我来到人间的得到的第一个认知。那时,妈妈在妇产科的床上,医生给她打了杜冷丁,她迷迷糊糊地睡着了。

此后,我一不开心,我就努着劲地哭,我妈妈是被我的哭声吓坏了,她一听见我的哭声就神经质地抚摸我的圆肚子,或者轻拍我的小胳膊,或者轻拍我的小胸膛。她能坐起来以后,常常抱着我,叫我小宝贝,小宝蛋,小爱妞,小天使,小狗娃,小猫猫……反正是她能想起的词,她就给我用上,好像多用几个词,就能多表达一下她对我的喜爱。

除了用哭声表达我的委屈外,还表达了我的饥饿,这个女人胸脯上的奶水长得太慢了,我吃了两次,就没有了,我就开始哭。我爸爸终于听懂了我的哭泣是因为没吃饱我的小圆肚肚,他买了奶瓶,奶粉,冲好奶粉后,他推开了我妈妈,盘腿坐在床上,把我抱在他的怀里,把皮奶头放进了我的嘴里,我发现奶粉比妈妈的奶水好吃,因为奶粉很甜,我一口气吃光了奶瓶里的奶粉水。奶粉水比妈妈的奶水热,我出汗了,头发上全是水,我爸爸一边替我擦汗,一边骂妈妈,你滚,你连个娃都奶不了,你滚,我妈妈伸长胳膊要抚摸我的头,被爸爸挡回去了,他俩开始骂架了。我爸爸把我放在床上,他俩打架着,你一下,他一下地互相打着对方。我累了,我睡着了,梦里看到他俩在打架。我的耳边响着音乐,是低沉的摇篮曲,一点也不喜庆的摇篮曲。我不知道谁唱着这样的摇篮曲,像是一个沧桑的老头在唱歌。这样的歌应该唱给热恋中昏头转向的青年人听,或者被成功的喜悦冲昏了头脑的大人听,而不是给我这样需要温暖需要安全需要爱抚的小婴孩听。

打架的事儿不说了，因为我逐渐习惯了，还是说点明媚的事，譬如说，春天来了，春天唱着歌儿来了，太阳笑眯眯的，但是我不笑，准确地说是我很少笑，也很少说话。至于我为什么不笑，为什么不说话，亲爱的读者，您一定是看明白了，我是折了翅膀的天使，我遇到了一对不负责任的夫妻，他们的所作所为所言所语，我不喜欢，强烈地不喜欢。小燕子在屋檐下飞来飞去，乌黑的背部，洁白的腹部，尤其是它的尾巴，有创意，是胜利的手势，它们飞过空气的声音我喜欢，它们互相说话的声音我更喜欢。要是我的父母能这样说话，用悦耳的呢喃声指责对方，我也许不怀疑他俩当年是在没有威胁没有绑架的情况下领了结婚证的。我听着燕子的呢喃声，仿佛《致爱丽丝》的翻版，听着这样的音乐，觉得人间很美，生活很美，我甚至相信燕子是最美的、情商最高的动物。

我想做燕子的孩子，我想飞到它们的巢里去，我踮了踮脚，我飞不起来，我忍不住念叨"我的翅膀，我的翅膀……"妈妈听到了我的声音，她也听清了我在念叨"翅膀"，她跟着我的目光看着小燕子，她自认为她明白了我要表达的意思，她马上抱起我，让我能更近距离地看燕子，她一边亲吻我的小手，一边问我，你的翅膀哪儿去了，是不是，宝贝？我知道眼前的这个女人，她现在越来越喜欢我，她喜欢看我笑，她一有空就对我说，给妈妈笑一下，笑一下，然后，拿着照相机狠着劲按快门，好像按一下快门，就会删除了她曾经对我的种种不好；好像我笑一下，就是原谅了她对我的一次次忽略。她更喜欢听我说话，哪怕是一个音节，她都喜欢的不得了。好像我嘴里飞出的每一个音节都是世界名曲，都是带着她的灵魂飞翔的翅膀。她亲吻我的脸蛋，眼睛，脚趾头，屁股蛋，我的身上印满了她的吻。爸爸一样，他与妈妈一样，亲吻我，只要是可以落下他嘴唇的地方，他都亲吻过。每次他们轻吻我的时候，就有音乐在我的身体里落籽、生长，就有色彩装饰我的世界。

音乐发音是哆瑞米发嗦啦西，写出来就是1234567这几个阿拉伯数字。不要以为阿拉伯数字就是阿拉伯人创造的，它们最初出自印度，提醒一下，印度是唐三藏取经的地方，是东方的国家。阿拉伯人传播了印度人的数字，被称为阿拉伯数字。随便提示一下，传播者是伟大的，一不小心，就代替了原创者。

音乐里的1234567与自然界的赤橙黄绿青蓝紫，都是7个，我相信它们是对应的，是相通的，譬如，1对应赤，可以理解是赤子之心，这样的心才可以生出万象。在人类文化中，"1"被赋予了万物之始的意义："惟初太极，道立于一，造分天地，化成万物，凡一之属皆从一（《说文解字》）。"英文中也以"TheGreatOne"（伟大的一，太一）指代圣经中的上帝耶和华。中国传统文化书籍《老子》中，明确写道"道生一，一生二，二生三，三生万物。万物负阴而抱阳，冲气以为和"。在这里，一是万物之始。中国古代哲人把一作为万物之始，叫作太极，太极生两仪，两仪生四象，四象生八卦。在中国的古代中，神有东皇太一，是一位主神。屈原的《离骚》中，有所描述。在数学中，1很奇妙，任何数除以1都等于它的本身，任何数乘1都等于它的本身，1的绝对值还是1，两个等价无穷小的比值是1……在表示概率时，1表示必然发生或必然事件。在计算机科学中，1经常用于表现布尔值的"真"值。在几何光学中，真空的折射率是1。在天文学中，太阳与地球之间的平均距离为1个天文单位。1定律是最厉害的定律，如：牛顿第一运动定律，开普勒第一定律，热力学第一定律。

2对应橙，盘古开天创造了两个人，男人和女人；中国古代军队出征，需要两样东西：符和令。2是对称的，一张对折的纸，呈现给我们的是两个完全相同的世界，镜子也给我们展示了两个全等的世界，脊椎动物和无脊椎动物的腿的数目是2的倍数。2是一个平衡性很强的数字，如果没有左右的对立，恐怕人类无法站立和行走。2具有对立性，自然界有许多因对立而存在的现象，磁极分为两种，N和S；电荷有两种，+和-；物质分为两种，正物质和反物质；自然界里存在南北、生物二倍体……2是从单数到复数的栅栏，两个人恋爱，结婚，将会发生神奇的怀孕、生育，因此，2的谐音为"爱"，如果向恋人表达爱情时，可以用"520"来含蓄地表达。

3对应黄，三生万物，在道教中，三表示万物。3是第一个幸运素数。

4对应绿，4是正整数中最小的合数。中国佛教基本教义之一，对万物的认识层次分为四种，即四法界：事法界、理法界、理事无碍法界、事事无碍法界。相对论将宇宙视为四维的空间。

5对应青，5是4与6之间的自然数。在象征天地之气的洛河图里，5在中心，是一个支配天地之气的数字。五行思想认为木、火、土、金、水这5种事物是万物的根本。著名的矩阵博士在计算机出现之前就预言，π的第一百万位是5，结果真是5，至今无人知晓矩阵博士是如何得知的。中国文化则把五行之说套用于社会的方方面面："物有五行""人有五行属命""朝代有五行属相""方向有五行属位"等，几乎所有的一切都可以套用五行之说。

6对应蓝，6是一个自然数，是一个有理数，是一个介于5和7之间的自然数正整数，也是个合数。数字6在形态上来看很像一个怀孕的妇女，挺着大肚子极具母爱。6也代表孕育，有母性的包容力。6针对的意义还有重视亲情，对爱的需求更为强烈。同时这个数字也代表治疗和艺术理解力，在中国象征着和谐、吉利、关爱、孕育等，在传统文化中极受重视。6是物质世界的宇宙数字，因此埃及人选择这个数字来代表时间和空间。闻名于世的中国第一个皇帝、中央王国的缔造者秦始皇喜欢六进制，并把他的帝国分为36个军事行省，每一个行省由一名文官和一名武官管制。"六"是统一与和谐的象征，用两个一正一反组合在一起的三角形符号来表示，其中一个三角形尖向上(阳性、火、天空)，另一个尖向下(阴性、水和土)。这一符号就是现在众所周知的大卫之盾，是以色列和犹大团结一直的象征，同时也是人类灵魂的表意符号。

7对应紫。7是6与8之间的自然数，是一个简单的阿拉伯数字，是奇数，是1位数中最大的质数。七是一个象征权势和谐的数字，巴比伦纪元年代，权利和名誉的象征。在基督(犹太)信仰中，上帝用六天创造世界，第七天休息，星期六(Thelastdayofaweek)被称为"安息日"的说法从此而得。在西方文化中，七普遍被视为幸运数字，而有Lucky7的说法。7是神圣而又充满神秘色彩的数字,它对西方文化乃至整个世界的文化产生广泛而深远的影响,它影响着人们的工作和生活的方方面面。比如有"希腊七贤""七大主教""七大美德""七宗罪""七重天""神的七大礼物""七大圣礼""七大守护神""七大善"等等。这些都充分体现了"七"在宗教文化中的广泛运用。在中国传统文化里,7其实是阴阳与五行之和,这是儒家所谓的"和"的状态,也是道家所谓的"道"或"气",都与"善""美"有着密切的联系。综观中国传统文化和西方文化中,"7"字的含义都是吉祥和吉利、尊贵博大的,它代表着古代自然科技与人文科学的一种结合。

赤,红色,比朱色稍暗的颜色:～血。～字。橙,红和黄合成的颜色:～黄。绿,蓝和黄混合成的颜色,一般草和树叶呈现这种颜色:～色。～叶。青,深绿色或浅蓝色:～绿。～碧。～草。蓝:用靛青染成的颜色,晴天天空的颜色:～盈盈。蔚～。～本。紫,蓝和红组成的颜色。7个音符,组成上帝缤纷绚丽的调色盘,每一个音符,就是一个原创的世界。

白描画

　　我在摇着孩子睡觉时,孩子胖嘟嘟的小手抓着我的两三根头发,"轻点摇",妈妈站在我旁边看着孩子说"再慢一点,快睡着了"。我看到小女孩闭着眼睛,长长的睫毛垂下来,绒绒地覆在娇嫩的小脸上,形成美丽的月牙形阴影。一定是月亮睡觉的影子。我给妹妹努嘴说,睡着了,妹妹双手平了平小枕头,我把小宝宝的小屁股轻轻放在炕上,再接着把小脑袋放在小枕头上,把她的小手指掰开,放出了我的两三根头发,给小女孩盖上了小花被。小花被是妈妈缝的,里子是花格格棉布的,被面是红色绵绸的,中间装着细羊绒。

　　走出卧室,走出客厅,我和妹妹、妈妈在院子里站了一会儿,妈妈回隔壁的房间休息了,我和妹妹回到原来的卧室。掀起门帘,我怔住了,炕上的小女孩不见了,小枕头独自睡着,小花被保持着圆筒形。紧跟着妹妹进来了,她也怔住了,她眨了眨眼睛。孩子哪儿去了,几个月大的小女孩不会爬,更不会走,哪儿去了？有人抱走了，不可能，我和妈妈、妹妹，都在院子里，大门早已锁上了，院子里不可能进来人……妹妹一下跳上炕，抱开炕角落的一摞被子，呵，呵，呵，小脑袋在被子缝里努力地摇动着，她的两只小手努力地支撑着身体，要向前爬，爬，可是，她那肉肉的手臂使不上劲。她使着全身的劲，她的小脚片蹬着，在使劲，由于腿部的力量大于手臂的力量，向前爬，反倒向后退去了。退到了炕角折叠起来的被子层里。

妹妹笑着抱起肉嘟嘟的小女孩，转身递给我。我接过我的孩子的那一瞬间，我明白了，这个小宝贝，已经有了明确的感知，她感知到我们离开了她，她需要陪伴，她不仅要吃要喝，还要亲人时时陪着她，她不喜欢孤单，不喜欢一人待在一个房间里。当我走出房间时，她一定是要追上我们，她想要向前，向前，她的小手小腿不听她的大脑的指挥，反倒向后运动了。

她需要有人陪着她，不仅仅是因为身体的需要，更是精神层面的需要。她不但要吃喝拉撒，更要有人陪着她，一起面对她的孤单。她不喜欢独自一个面对熟悉或者陌生的空间。那个空间里，有什么？我应该多多陪伴她，但是，我没有做到，只在下班后才陪着她。她慢慢长大了，像春天的小苗一样。

她骑在学步车上，在院子里走着，院子里每个角落都有她的小脚印和学步车的车轮印。我上班离开小院时，她骑着学步车，紧追而来，我关上大门，伸手反锁了大门，她在门里面拍打着学步车的护栏。我骑车离开大门，她听见摩托车离开的声音，她就哭了，我听见她的哭声追着我的摩托车，我就忍不住想要调转摩托车，回去，擦干她小脸蛋上的泪水。但是，我一次也没有这样做，我明白倘若我这样做，那么她从此会相信，她的哭声能换来她想要的一切，那将是我一种不可原谅的绝对错误。

下班后，我骑着摩托车从小巷进来时，她能听懂我的摩托车的声音，她会懂得是妈妈回来了。她骑着学步车跑向大门口。学步车四周有护栏，她的小手着急地拍在护栏上，护栏在力的作用下，撞着大门，等同于她的小手在拍着大门。咣当咣当，着急的声音。当我回到大门前，会看见大门在摇晃，我明白是我的宝贝在门后面，我隔着门缝可以看到她的两只黑眼睛，正在盯着门缝看。我打开大门，她张开短短的胳膊，等待我抱起她，像张开翅膀的小鸟一样；而我，一个孩子的母亲，就是孩子飞翔的天空。

我停好摩托车，从学步车里抱出我的孩子，带着她走出院门，拉着她学习走路。陪在孩子身边的小狗竖起两个前爪，拉着尾巴，挡在我的前面，要我抱。孩子站在我面前，张开双臂，小嘴里吐出简单的几个音节，妈妈抱抱，妈妈抱抱，在那个青砖铺成的小巷道上，我是多么幸福。我选择抱了孩子，小狗跟在我的身后，不离不弃。街道旁的高楼，明亮的玻璃还贴着春节的饰物，红色的窗花还在。右边的苹果树正在开花。

我突然明白，我爱小孩子，多于爱老公。

我送她去了幼儿园，我拉着她的小手，送她上了二楼，我离开时，她从教室里追出来，两只小手紧拽着我的衣襟，大声哭泣，表示她不喜欢这个陌生的空间，她要我陪在她身边，给她熟悉和安全，我知道这是她走向成长的第一步，必须在陌生的空间，接受陌生，接受不安全感，我掰开她的小手，匆匆离开，不看她小脸蛋上的眼泪。那里果然不安全。放学时间，我去幼儿园接孩子时，幼儿园老师抱着我的小女孩出来了，我看到我的小女孩眼睛下边挂着一道血淋淋的口子，长于眼睛。我感觉到我的心被锋利的刀片横切下去，生生的痛，在我的胸腔翻腾，我的视线模糊了，是眼泪淹没了我的眼睛。我听见老师在旁边说，是我的疏忽，我刚下楼打饭上来，就看到她这样。我擦了一下眼睛，看到老师满脸歉意，我突然愤怒地问，是谁伤了我的女儿。老师闭口不说是哪个小孩抓伤了我的孩子，老师看出了我的不满，接着说，这种情况以前也发生过，孩子脸上是不会留下明显的伤痕，去门诊简单包扎一下，小孩皮外伤，很容易愈合的。我抱着孩子去了门诊，医生果然这样说，我来不及心疼孩子的伤痕，只是想，多么危险，要是伤了眼睛，伤了这双亮晶晶的眼睛，就是毁了孩子的一生，就是毁了我的天堂。孩子休养了几天，我没有责怪老师，伤口愈合了，我来到孩子的幼儿园，请幼儿园老师吃火锅，谈论教育，希望老师多关照我的孩子。

刷微信时，看到朋友圈都在声讨亲篮子幼儿园，一个名叫石小毛的朋友发表自己的看法，指出那样的老师是心理变态，我忽然庆幸自己孩子上的幼儿园不是有问题的幼儿园，天子脚下的幼儿园尚有难逃魔爪的，何况是边远地区的。这么多年，好像还没有听到边远地区的幼儿园有什么骇人的传闻。这到底是边远地区的没人揭露，还是边远地区的幼师身心纯正，尚未由人变成魔鬼？

孩子脸上的伤口愈合后，我对孩子说，你要保护自己，不能让别的小孩伤了你。然后我把孩子继续交给了原来的那位幼儿园老师，我自然是每天叮咛，老师也是点头答应照顾好孩子，不会发生第二次伤害。其实，我是打算换一家幼儿园，但是只有这家幼儿园离家近，方便接送。每天早上，幼儿园的广播里播放着欢快的儿歌，我在欢快的儿歌中，牵着我的孩子的小手，把她送进教学楼；每天下午，在欢快的儿歌声中，我的孩子扑向我的怀抱。我的孩子在回家的路上，唱着幼儿园老师教的歌曲，有的竟然是外国儿歌，虽然我听不清孩子在唱些什么歌词，可是我总是沉醉在她的歌声里。音乐就是这样神奇，音符里，人不分性别，不分老幼，不分民族，不分国界，只要是生命，都懂得音乐，音乐里的喜怒哀乐感动万物。7个音符，组成上帝缤纷绚丽的调色盘，赤橙黄绿青蓝紫，每一个音符，就是一片神秘又闪烁的夜空，浑然一体的旋律就是让多种颜色协调分布，显示独一无二的美。色彩与音乐一样，不需要翻译，就直达心灵。我的孩子用歌声给我组建了一个明净的空间，在这个空间里，我的孩子是明媚的，春天一样的，我是快乐的母亲，我们都是幸福的人儿。

我打开幸福镜头，在光和影的背景中，有男友的信件繁华纷至，然后是男友变成了老公，我生下了孩子，躺在床上，他用小汤匙一口一口地给我喂米粥。在咿咿呀呀的哭闹声中，白白胖胖的婴孩长大了，每天骑着学步车，在院子里等我下班，只要我打开大门，孩子就扑向我的怀抱！苹果树上的花开了又落，落了再开，几度春秋，孩子背着书包上学了……我在光影的河边打捞纯净的美好。

我想我会永远幸福的，因为我会删除一切不愉快，只留下愉快的片段，所以我是幸福的。

贾娴淑

其实，我是从心底看不惯白描画傻里吧唧的样子的。那天听见一些人议论，原来的刘主任升职后，白描画是凭写得好才得到总公司其他领导的照顾，由一般岗位升到了主任岗位。我的这种看不惯一下子演变成了说不清道不明的火气。我知道怎么发一下自己的火气。我故意写了一个文件，拿到白描画面前：你看看，对着吧？

白描画说：这个文件的标题与所陈述的事实不符，这个文种不对，文件的格式不规范，主题词不准确……

我心中的火气随着白描画的话语窜上了喉头："你写得好啊！你写得那么好，今天这登着，明天那登着，咋不见财政局给你拨一分钱呢？也没见哪个机关给你奖一厘钱呀！我写得不对路，是吧？但是，钱就这样能拨下来，咋的！"我说完，看见白描画的脸红得像秋天的柿子。"什么破文人，我最讨厌文人。一天到晚，写写，除了写那些没有一点用的整顿报告、实施方案、规划等,再就写一点农村老农民的破事,还敢写谁?老总表扬过你吗?组织提拔你了吗?我看还不如我这写不了的人!"我说完,扭头就走,留下了张口结舌的白描画。

在我看来,像白描画等类别的人,实在是可笑啊。有时说什么钓鱼岛、核纷争、《三体》、李易峰、王菲、莫言,遥远而空洞,还不如与邻居拉她家的母猪下了几只猪娃子来的实际呢。

我是瞧不起白描画的,认为她是一个傻子,从心里瞧不起她。

宋亚斌晋升总经理职务后,为了体现他体恤部下关心职工的精神,就派每位职员外出学习,顺便旅游。那时,白描画还在给女儿喂奶的哺乳期,但是,既然有她的名额,她自然是喜出望外,她决定不放弃外出学习的机会,并给我说,趁着这个机会,给孩子不再喂养母乳,改为喝牛奶和其他。

刚参加工作那些年,白描画一直不多和同事交流,只有我,由于办公室门挨门,平时接触得多,加上我说话平和,职工都说我人好,于是,白描画也非常愿意和我接近。外出学习时,她主动要求和我排在同一班期,一起行动,一同住宿。

第二天,处在哺乳期的白描画觉得乳房疼得很,不知道能不能把奶水挤出去,就问我说,"我的奶水胀满了,乳房痛得很,能不能挤出去?"

我说:"不能挤出去啊,胀,就要胀,不胀,奶水怎么能回去?"

白描画说:"你的孩子已经不喂奶水了,自然是知道怎么给孩子断奶,怎样让自己的奶水回去。"所以,对我的话就照单全收。到了第三天晚上,白描画疼得忍不住了,掀起衣服给我看,我看到她的两个乳房已经变成青紫色，而且硬硬的，像两块青色石头贴在胸部左右。

白描画痛得睡不下，坐在床上，不睡觉。我累了，挨着枕头就睡着了。第二天，白描画认真地对我说："其实，给孩子断奶时，是应该天天把乳房里的奶水挤出去，这样才不损坏乳腺细胞。"我听到后，心里吃吃地笑，心想"你以为我不知道，你真是个傻子"。

我彻底断定白描画是傻子的事是后来的事。后来，项目工作人员利用职务之便，集体参股，只把我、白描画等五人排除在外，这在专业公司是没有先例的。当我从下属公司人员口里得知，业务人员每人每年分红两万多，一直分了五年，得了十几万的红利。我一边憎恨下属公司的领导是势利眼，谁检查验收，就给谁贿赂，一边埋怨宋亚斌不让我参与验收工作。一时不知找谁吐露一下心中的愤懑。想来想去，别人都是受益者，自然不爱听我的话，只有说给白描画听了。一来可以发泄不满，二来看白描画能不能站出来说句话，白描画那时还在报社兼职，说不定会有办法讨回一点公道。

白描画听了我的话，一点也没有惊讶，只是说了几句不远不近的话，"这世间，只有永恒的利益，没有永恒的正义"。

我看见白描画这个样，心里恨恨地想：原来果然是窝囊废一个——总以为她能写会画，还指望她还能仗义维权呢。

白描画

我听着贾娴淑睡着后安然的呼吸声,心想为人之母的艰难,忽然就想起了母亲。母亲那时给我也断过奶,母亲一定也痛得彻夜难眠吧。我悄悄走进卫生间,拨通了母亲家里的电话,说了几句话后,就问母亲,当年给自己断奶时,是不是痛得很。母亲说,是,但是不厉害。我就说,自己现在的乳房变成了石头,是青紫色的。母亲一听,就急忙说,你没有挤出去!我说,还能挤出去?

"不挤出去,会把乳腺胀坏,会得乳腺病的。你这孩子,怎么这么傻啊!"母亲着急地说"赶紧挤出去,赶紧!"

我听了母亲的话,站在卫生间,把胸前那两块"石头"一点一点地挤着,最后挤成了柔软的乳房,才觉得全身轻松,躺在床上,安然地睡着了。

至于贾娴淑说的入股的事,我原来也听了一点这样的消息。不是我不需要金钱,只是觉得无语。同在一个单位工作,仅仅因为岗位和权限的不同,收入就有翻几番的区别。这是体制的问题,还是人性中的黑暗问题?那时,我每年的工资合计也就八千多元。悲哀的是,最初因为一个老干部在我面前咒骂专业公司参股分红的事,不知内情的我还与那咒骂这事的老头争吵得红了脸。

"听说有人给上级写信了,说你和经理……"

"哦,是吗?"我盯着说话人的嘴巴,轻轻地回答"那是人家关心我,提醒我不要做出不应该做的事。"

"好像是韩经理弄的。"说话人做了进一步的补充和说明。

"那是韩经理提示我要注意工作质量,不要像别的女人,以为长得有几分姿色,就可以三天打鱼两天晒网地对待工作。"我咬住牙说,说完后,夸张地笑着,笑给说话的人看,更笑给站在门外侧耳聆听的贾娴淑听。

在一个地方待的时间长了,各种流言蜚语都听到了,什么领导利用购买公车多开发票合伙分钱的事,什么厨师和书记的传说,什么检查员和领导的故事,什么业务人员合伙贩卖国有土地的事……几乎每个人都有一段故事。我听多了,也就麻木了。我分不清真与假,也懒得分这些流言蜚语的真假成分。让我奇怪的是很少听到贾娴淑的故事。

其实,许多故事都是从贾娴淑那儿传开的。她每隔一段时间,发布一个故事。人们都迷失在她发布的故事里,忘记了思考她是怎样的一个人。她说话的语气平和,待人接物态度和蔼,不用想,就可以肯定她是一个善良而诚实的人,她发布的消息怎么会有假呢?

如今,我看清了她伪善的面目。我觉得"相由心生"这个词是专门说给她这样的人的,丑陋的外表,丑陋的内心。我没有办法离开这个公司,只能面对这些丑陋。

今天,我坐在木质的椅子上,看着华丽的吊灯,再看一看酒杯里那些透明的液体,就觉得咽喉间有了火烫的感觉。在未离开校门之前,我没有喝过酒,同学聚会喝的是饮料,带有酸甜味的饮料。参加工作以后,第一次喝酒,是啤酒,我不喜欢啤酒的颜色、泡沫和气味,是先闭住眼睛,然后再把酒倒进了咽喉。再以后,一次元旦聚会,在宋亚斌"共同举杯"的号召下,我端起酒杯,酒杯里盛着白酒。我喝了一口,只觉得一股火苗在自己的咽喉里奔窜,那种火烫的感觉让我记忆深刻。

有时候,酒场就是江湖。老公柯明鑫这样对我说过。我也知道一些酒场的规矩。亲戚之间,长辈为尊;朋友之间,长者为尊;职场上,职务级别是衡量敬酒顺序的砝码。

今天,这个酒场,名义是欢度节日,领导职员共聚一堂。每个职员要为领导敬酒是最切合实际的礼数。

我不喜欢这样的场合,一来是不喜欢烟雾缭绕的环境,二来是我自己喝不了酒。在今天这样的场合里,我看见每个女同事都显得光彩照人,特别是平日里不怎么上班的女人,专门进了一次美容院,做了补水、嫩肤,把自己的脸蛋做得水白水白的,像出水的芙蓉,甚至有了一些争奇斗艳的苗头。

一次次的举杯中,一次次地喝着滚烫的白酒,我的眼前有些眩晕。在打色子时,宋亚斌输了。从我的岗位职责来说,我是应该替领导喝一杯的。但是,我没有这样做。我明白我已经不能再喝了。再喝一杯,我就醉了。我清楚地知道,假如自己醉了,一定是一副泪水零落的样子。这样的样子给谁看？给领导？给同事？那不是自找无趣吗！

我起身离开酒桌。站在洗手间，一次次地用冷水拍着自己的面颊，直到镜子里的自己，越来越清晰。我看到自己的脸色黄黄的，脸庞瘦瘦的，是失去了水分的黄花瓣。从洗手间回来，我坐在椅子上，发现宋亚斌看我的眼光越来越冷。

宋亚斌看我很冷的原因还有一个。去年，宋亚斌要我加强公司日常管理，重点是要职工按时上下班，不要有经常迟到早退的现象。我想，总公司不按时上下班的人很多，有的是一整天都不见人影，有的是来得早，下得早，有的是来得迟，下得晚，而且每天都有不一样的现象。只有石玉梅是来得迟，走得早，是常态化的。因为他老公在山区上班，而且很远，家里只有她和孩子，孩子才几岁，接送孩子上学放学的事就落石玉梅一个人的肩上，她不得不这样来迟走早，打字室的工作经常由撰稿人自己做。个别职工因此也在我跟前很有微词。我在石玉梅借调到总公司里时就对石玉梅说过，要找个人照看孩子。石玉梅不以为然，说"人家都这样接送孩子，全县又不是我一人这样"。那天，宋亚斌说了以后，我就代石玉梅写了一个请假条，要石玉梅拿给宋亚斌批准她每天接送孩子，这样一来，就可以要求别的职工有事要请假，平时要求他们按时上下班。

可是，石玉梅觉得不应该让她请假，原因是全公司又不是她一个人来迟走慢，再说，难道接自己的孩子是不对的吗？她认为是我欺负她。她坚决不予让步。她站在宋亚斌面前哭得委委屈屈。宋亚斌一看，也觉得肯定是我欺负了石玉梅，对我的看法里添加了更多的不满意。

这些，我虽然知道，但是，我也不想解释什么。有些解释是画蛇添足。

我不要画蛇添足的画，我要名副其实的画，用赤橙黄绿青蓝紫画成的画，世间万物的起死回生荣辱得失在色彩里呈现。春、夏、秋、冬亦可按色彩区分。春是淡紫淡黄，夏是浓绿青蓝，秋是香橙四溢，冬季，是一段白色的安静。梦想褪尽，喧哗尽失，剩下的只有安静。

我是梦想褪尽的冬季，我不安静，谁安静。

贾娴淑

我对柳春红说:"她在办公室,你等着。"

平时,我没事就早早下班了。今天,我决定陪着柳春红说说话,等着白描画开门。我等着看场戏呢。我要延续我的快乐。

这柳春红是下属一个公司的职员,她不是个善茬。当年因为她与公司的领导对骂一次后,新调了一个公司。新领导对她十分好,可惜新领导的老婆抓住了他们在一起的嫌疑,大闹一场后,就直接报告给了宋亚斌。柳春红借机不再上班了,过着清闲日子。宋亚斌在一次高兴后就把此事告诉了我。至今,一般人都不知道这件事。

我觉得今天是个好日子。早上,我在电话里,给宋亚斌三言两语地说了白描画的不好。不一会就收到了成效。因为我听到了宋亚斌在电话里怒斥白描画的声音。接着,就是白描画辩解的声音,软弱、焦急的语气,苍白、无力的语句。那点辩解多像电视剧里那些被推出去斩首示众的大臣的声音啊!

"辩解吧，辩死你！"我坐在办公室里，觉得快乐来得那么容易。

辩解的声音渐渐消失了，我知道宋亚斌的雷霆之威发完了。我可以想象白描画现在的脸蛋一定是惨淡的。

我要延续我的快乐。我从自己的办公室走出了，轻快地走进了白描画的办公室。果然，白描画呆坐在办公桌后，脸上一片黯然，像霜打过的茄子。

"宋总让你给我盖章，对吧！"我把表格摔在白描画的面前。

白描画果然二话没说，就给我出的文件的落款处压上了红章。

"我说过，我们财务上的事，是我说了算，我说怎样就怎样，你以为宋总在把关？"我挑衅地看着白描画："最好不要再问我们财务上的事，拿来文件，你就同意，别问为什么，以后放聪明点。"我像下通牒一样，依然带着挑衅的神态。

我知道白描画承受了宋亚斌的狂轰滥炸后，再也无力反击。果然，白描画颤抖着嘴唇，只会说"你出去，你出去，我不想看见你"。

我心里暗自发笑。"我就不出去。"我忍着笑说。

白描画低下了平时高高抬起的头。我获得了我想要的满足感。

我走出了白描画的办公室，在门口站住，慢慢说："这是在公司。在这个公司，我想怎样就怎样！"白描画立即关了办公室的门。

白描画

办公室的门不是一扇与世隔绝的门,不能把我与现实隔绝开来。我打开手机的音乐,听一段马头琴演奏的音乐,用这样悠扬的音乐,超越自己遇到的沟壑。在马头琴的伴奏下,我骑在高大的伊犁红马上(不是刘备的卢马,也不是关羽的赤兔马,当然,我的手里既没有双股剑,也没有青龙偃月刀),红马生出翅膀,带我越过坎坷和沟壑(相似于的卢跃过檀溪)。

"砰砰、砰砰……"不断的敲门声响起来,敲断了我的幻想。

我坐着不动,我不想用不职业的表情来面对前来办事的人。

"砰砰、砰砰……"敲门声从紧闭的门缝蜂拥而进,敲打我的耳鼓。我知道来人是铁定了心要我开门,因为我听见了贾娴淑对来人的说话,"她就在办公室里"。

我拉开了办公室的门,看到了描眉画眼的柳春红。墨绿色的毛料上衣衬托了她的肤色,显得脸庞更加发白,犹如月夜的雪地,亮着青幽幽的光泽。她抬脚迈进了门,黑色的哥弟牌西裤勾勒着腿部的线条,细细的高跟鞋走向我。

"这是办公室,是为人民服务的地方,你关住门,怎啦?"我听着这样的诘问,心里想"你不也是一个公职人员,一年四季你上班能有几天,你还好意思用这种口气跟我说话?"但是我没有说什么。

"呎,还皱着眉头,这样的态度对谁呢?"柳春红扬着描得细致的眉毛说。

我希望自己能有个笑脸,于是就裂了一下嘴。

"这到底是笑呢还是哭,给人民个笑脸就这么困难,难怪人家都提拔,只有你至今还在办公室!"柳春红高声说。

她的声音像一锅沸腾的水,我的心在沸水里翻滚。我像个木偶一样给柳春红办理了延长病假手续,看着柳春红扭着屁股走出去的背影,心里的黯然如风中的一片落叶一样落到了办公室冰凉的地板上。再工作下去没有一点意义了。我对自己说。我站在窗前,看着窗外。有白云在天空飘移,有小鸟在天空飞过,飞到远处的大树上,大树在远方……我发现自己是一只被缚住腿脚的小鸟,想要飞,一次次地扇动翅膀,张开翅膀,在低矮的红尘里扑腾,从来也没有飞向蓝天,只是一次次地把自己的腿脚伤得血迹斑斑。

我决定辞去工作。我坐在办公桌前,打开电脑,写下了辞职申请,敲开宋亚斌的办公室。宋亚斌接过我的申请,扫了一眼,仍然像往常一样,"我很忙,办公室这些事很麻烦,这是你的工作"。他既没有批准我的申请,也闭口不问我为什么要辞职。

对于他的漠视,我心不甘情不愿,但也不敢说什么。说什么呢?说我不上班了……然后,宋亚斌一定会说"按照规定,十五天旷工,不得晋升工资,不得……"

规定就是用来管理我这样的人的,我明白这些。

柳春红

白描画拉开了办公室的门,我盯着她看,她转身走到办公桌后面,我的眼睛落在她的腰肢上,还是那么单薄,人家都说在办公室坐的时间长了,都会变成水桶腰,这个传言在白描画这里是例外。她拉开抽屉,拿出公章,给我递过去的表上压出一圈红印,我没有立即转身就走,我站在她面前,仔细看着她:细长的丹凤眼里有着黑白分明的质体,水汪汪的液体倾注在睫毛密布的眼眶里。

她感觉到了我的目光,她抬起眼帘,我分明看到一扇窗户在我的面前打开,我看见了溪水潺潺,不是,她怎么会有溪水潺潺,应该是泪眼朦胧。一个小文员,一个学过专业,却做不上专业岗位工作的小文员,我不相信她的内心有清亮的溪水在流动。人都说眼睛是心灵的窗户,她的心灵应该是苦闷的才对。一个办公室的小文员,只能唯宋亚斌马首是瞻。如果她敢不这样,宋亚斌肯定不会重用她,她就会像磨道里的一头驴,只能原地不停地转着圈,永远都不要想前进一步。这些也许还不够,我想,宋亚斌一定会宣扬她是一个不合格的职员……因为我对宋亚斌有所了解。

我是专业公司子公司的一名员工，既不是会计，也不是领导，但是，我经常接到宋亚斌的电话，"我爱你，春红"，我能听出手机那一端，这简单的句子是从他的僵直的舌头上顶出来的，我说"爱到什么时间？""天长地久。"他毫不犹豫地说出了这个古老的词语。这个词语是我人生中最欠缺的词语，我一直相信哪个女人拥有"天长地久"，哪个女人就是富甲天下的女王。按常理来说，我这样的员工本来不会与宋亚斌有什么交集的，但是，我在婚姻失败后，离开那座小城，来到了繁华喧闹的省会城市。也就是说，我应该辞职。实际的情况是，我不参加考勤，只领工资。公司近千人，不参加考勤的，只有几个人，我们各有各的路子。我年年都要去宋亚斌的家里走一回，当然不是空着两只手去的，今年我提了更多的烟酒，还加上了现金。我的目的是晋升高级职称。晋升了高级职称后，我的工资与宋亚斌的工资不差上下，当然奖金不能算，懂了吗？其实，我不是晋升职称，我是为了晋升工资。宋亚斌当然懂得我的目的，他当即答应了我的申请，在我离开他家时，我看懂了他眼里闪烁的光线。那光线绕着我高耸的胸部转着圆圈，像一只蜜蜂在花朵前频繁地振翅，碰响四周流动的空气。不久以后，我就收到他发给我的短信，甜言蜜语，浅薄而直白。我不能拒绝，更不能不回复，我就装作害羞的样子，发一些从网上抄来的情话，并且恭维他是高富帅，是英雄，是绅士……

那一段时间，为了应付宋亚斌，我学了大量新名词。他也叫我"美人""宝贝""红颜知己"等。他每每提出要见面时，我就说我在北京，在上海，在杭州，在海南，有一次，他乘飞机赶到海南，要见面，我连忙道歉说，不知您来，我下午刚飞到了拉萨，然后发一张我在拉萨机场的照片，其实，只是PS一下的照片，看到这些，也许有人会骂我，不要脸，老在吊老总的胃口。其实，不是这样的，我根本看不上他。他在我眼里，只是一个上司，因为手里捏着我的工资，我是投鼠忌器。其实，我喜欢双腿修长的男人，只有修长，才能有阳刚之气，只有阳刚之气，才能体现出男性的本质美。我知道这是传统审美观点。在男女审美上，我一直停留在传统的美学观念里。男人就要有阳刚之美，女人就应该有阴柔之美。我平素将自己装扮成一个刚强的女人，并非本意。看不懂我内心的人，以为是刚强。其实我的内心是柔弱的，我知道我的内心里住着一只小兔子，小羊羔，小白鼠，我渴望安全，对，安全，我终其一生，也许追求的就是这个词。我的婚姻给我倾巢之苦，我的情人给我冷酷之苦，我不刚强，能给谁诉说？

　　一段时期内，我被宋亚斌的绵绵情话包围了，我决定答应与他见面。我把见面的地点订在省会的高级酒店，我请了几位男性的女性朋友前来陪酒，我专门给侯倩倩打了电话，朋友们评论她搔首弄姿的姿态无人能及，说她的风骚独步江湖，撩倒一个男人是分分钟钟的事。我见过几次侯倩倩，一次是一个老记者带着她，一次是一个老官员挽着她，好像还有一次是她带着一个文静的男学生参加宴会。开始我没有在意她，她长得并不漂亮。还是一个朋友专门说了她的故事，我留意了她以后，发现朋友说得不无道理，她确实姿态撩人，与其说是至纯至美，还不如说是炉火纯青。作为同一性别的人，我都可以在十步之外闻到她的骚味，何况是异性。我决定赌一次，像一个赌徒，试一试自己的运气，更想试一试宋亚斌,是不是真的像他所说的那样:爱我。这是我的心机。流落江湖,没有一点心机,可能吗?我安排了酒宴,我要亲眼看看酒后的宋亚斌会不会在浓重的骚味里,原形毕露,让我看清他的本质。我想起微信里广泛传播的一句话:你说猫不偷吃,你用鱼试试。朋友们很快都来了,宋亚斌也来了,只有侯倩倩没到,我打她的电话,她说,我刚从美容店出来,一会儿就到。菜上齐时,服务员推开门,我们的眼睛齐齐望向门口,侯倩倩惊艳登场。那一瞬间,我惊叹化妆师的技艺,可以把一个其貌不扬的女人装扮成美丽动人的大明星。

我看到有火苗从宋亚斌的眼睛里冒出来,我当即让服务生把座椅安放在宋亚斌的旁边,侯倩倩坐下以后,宋亚斌马上给她的盘子里夹了一块猪手。几杯白酒下肚,宋亚斌的手握着侯倩倩的手,反复摩挲。第二天,我对吧台的服务生说我昨夜丢了东西,我要看看监控视频,看我酒后都去了哪些地方。我在视频里清楚地看到侯倩倩几点几分进了宋亚斌的房间,几点几分走出了宋亚斌的房间。我回到房间,给宋亚斌发微信"我在餐厅等你吃早餐",过了一会儿,他的微信回复"我昨晚喝多了,困,不吃了"。以往,只要我发他微信,他都是秒回,这次例外。我知道怎样面对他的"酒后真言"。"今天我要去机场接个人,不能陪你吃饭了,抱歉",然后发给他。微信提示音响了,一行字赫然在目:宝贝,晚上我想见你。我重读了一遍这句话,手指自然地写出了"你有这个资本吗?"我读了一遍我的话,没有点发送,而点了删除。接着,我删除他发给我的那几句话,让它们都变成手机储存盘里的垃圾。没什么奇怪的,我有了洞悉人性的实践和理论。这点小插曲，于我而言，不过是一场西风，或者一场秋雨。一场秋雨一场寒，这是民谚。而我却忍不住背诵纳兰容若的词：谁念西风独自凉，萧萧黄叶闭疏窗，沉思往事立残阳……在我拿到我晋升职称的批复文件后，我没有删除微信里的他，也没有拉黑他的手机号。试问，一个法师，会在乎一具僵尸横卧在他走过的路上吗？

  我不是严格意义上的职业女性，但是我却领着职业女性辛苦工作后才能得到的工资。我比职业女性快乐。譬如白描画，我就是比她快乐，她的辛苦大家都知道，但是，能多领奖金吗？这是其一，其二，我没有《婚姻法》的保护，但是我并不羡慕已婚妇女。譬如白描画，我从她身上看到了婚姻的弊端。她住在我同学的楼下，有一次去我同学家，经过她家门时，听见她丈夫在咒骂她，声音很高，扯着嗓门，如同在咒骂一个歹徒。当时，我站在门外，听着屋内的爆破音，心里忽生暗喜。我马上骂了自己一句，变态，接着我就想，倘若白描画真是一个盗贼，那该多好。我是站在白描画的角度去想的。只有一个歹徒才有资格享有那样的咒骂，也许一个低贱的坐台女人都不会遇到这样的辱骂。我站在门外听了一会儿，没有听到白描画的回骂，哪怕是一句争辩。我想，也许白描画丈夫是个神经病患者，一个人在家，在发神经。"你不是个人，是人都不会像你这样。"白描画的声音低低的。她一定是怕被左邻右舍听到。"啪"一个响亮的耳光从门缝飞奔出来。我一个趔趄。"你给老子再骂一句！""再骂一句，试一试！"我等着白描画的声音响起来。没有声音了，声音消失了，连哭泣的声音都没有响起来。第二天傍晚，我从学习古筝的课堂下来，突然想起白描画，我直接开车来到了她的小区，进了小区门口，我看见穿着淡紫色衣服的白描画在小区的花园边站着，顺着她的目光，我看到一个小女孩在绕着花朵跳舞，还唱着歌："门前大树下，一群小鸭子，快来快来数鸭子，24678……"我放慢脚步，轻轻走向白描画。我看到花园里有风景树，五角枫、龙爪槐、复叶槭，还有开着花朵的草本和小灌木，有多季玫瑰、牡丹、美人蕉、虞美人等，一瞬间，我脑海里突然有了《西厢记》的情节，"原来姹紫嫣红开遍，似这般都付与断井残垣，良辰美景奈何天，赏心悦事谁家院"，绵绵之音在我的脑海里响着。那是怀春的女子。此时的白描画，不是怀春的女子，应该是心有冬季的女子吧。与这样的词曲形成鲜明的对比。相似的美景，截然不同的心情。两个极端。她是怎样的女人？我悄悄走到她身边，她全神贯注地望着她的小女孩，没有转过来看我。我看到白描画的脸上印着五个手指的痕迹，红肿的痕迹。她脸上挂着笑容。嗯，她在笑着，仿佛脸上的伤痕是娘胎里带出来的胎记，不痛不痒。

我突然心生可怜，可怜白描画这样的女人，她把自己分成几份，每一份都是不成功的，职场上，婚姻上，她都是失败者。这两样失败只能是恶性循环，一项影响另一项。我看着她脸上的伤痕，我庆幸自己果断地离开了职场。我们这样婚姻失败的女人，留在职场，只能做散兵游勇，永远做不了先锋大帅。我明白，她是一个没有前途的职员。还有，她的性格就是太直了，说话没有一点艺术性，一个弯都不转一下，而且啥事都要按照条条框框办，在职场，最讲究同流合污了，她既不同流，又不合污，孤立了自己，能怨谁。还有，听说在总公司里的利益均衡的方案里，所有人都离她远远的，谁都不帮她说话，也没有人替她说句公道话。这其中的原因，我今天看明白了一点。

她的脸上布着淡淡的伤痕，她的眼睛跟着小女孩跳动。小女孩在唱歌，我听着，听到了小小的忧伤，一瞬间，我的内心充满了忧伤，比我听到我女儿的歌声忧伤多了。我一直对女儿怀有愧疚，我也曾跪在冰凉的石阶上，埋怨上天对我不公，让我失去了一个女人应有的婚姻、家庭和优雅，尤其是我的女儿会说话后，总是要爸爸。那一段时间内，没有一个男人以父亲的身份陪伴我的女儿，成了我最大的忧伤。我思忖之后，坚定地把女儿送进一线城市的贵族学校，让她接受最先进最超前的教育。我相信这样教育的结果是：我女儿将会站在更高级的平台，与情商、智商及人格健全的人为伍，她可以不结婚，但是我相信，如果她选择结婚，她一定能找到一个不给她伤害的男人。我用高端的教育弥补了单亲家庭少给她的温暖。当然，教育费用是我的情人出的。我忽然庆幸自己没有婚姻，没有丈夫，却比白描画幸福；我是快乐的人，比白描画快乐。比起白描画，我的人生是明亮的。强者都是含泪奔跑的人，也许，我和白描画都是强者，不一样的强者。

白描画

　　三月的风还在斜斜低语，楼宇沉敛。针叶树深深浅浅的青色在枝梢缠绕，随风翻飞的是鞭炮留下的红屑碎纸。一场雪，落在三月，落进我的梦里，我梦见雪，梦见雪地上走着一个人，那个人就是我。我走啊走，一个人走啊走。梦醒后，我想，我会走哪里去？为什么会是一个人呢？我问自己，为什么不能有一个人陪着我呢？我爱的人呢？我爱的人去哪里了？还有，爱我的人呢？爱我的人为什么不能陪我走一次呢？茫茫的雪原上，我希望有个人，陪着我，从梦里到梦醒。我不想一个人在雪地上行走。那样会走进梵高的夜空，会有窒息的蓝涌向我。

　　上班时，看到着红衣的女子走过落雪的街道，雪花停歇在她的发梢和蕾丝裙裾里。到了公司，看到院子里的白杨树主杆笔直，有了苍凉和雅致的变数。

　　公司召开了季度考核会议，内容最后一项是会餐。有烟有酒。酒场的规矩是按照职位轮流把盏敬酒。轮到了我。我端着酒杯，端着笑脸。下属十七个公司的正职领导大都在场，总公司的领导、干事也自然在场。这些都是那场民主测评的主人。地点当然不在现在这个饭店，是在总公司的三楼会议室。

现在的酒场里，不允许回忆。我谦虚地笑着，给每一位在场的人物送上酒杯，添了酒水，然后还有祝福的词语一同送上。

我看他们的脸，他们的眼，他们安然享用的样子。我忽然觉得他们是演员，在表演，我也是演员，也在表演。只不过我表演的内容比较简单。我表演整理档案，登记文件，拟写公文，记录他们在会议表达的同意与意见。我和他们坐在同样的会议室里表演着开会的样子，我还表演着给他们端茶递水，从十年前到如今。

如果没有那一次民主测评，我不会确定他们是演员，我也是演员。我和他们有一个共同的导演。导演一直也没有以导演的身份出现，所以，我和他们也不知道各自都是蹩脚的演员。

在一场民主测评后。一些同事看我的眼光，犹如看一个傻瓜一样，带着同情、怜悯，还有低低的不屑压在眼底下。也有直率的，干脆就问"你年年待在办公室里，天天在领导办公室出出进进，你咋能不为自己想一些？你咋能让别人抢了先？"还有旁敲侧击的"我听人说，那侯倩倩脑子转得快得很，而且心眼多，手腕多。就是把你卖了，你还帮她数钱呢！"然后，有点恨铁不成钢地感叹"你这人咋像豆腐一样，用刀切开，也看不到一个心眼啊！"

我对周围的人不抱有什么信心。我知道自己不在他们的利益集团里，而且自己也没有利用价值。没有人会替自己说一句公道话。

在此之前，一场鱼目混珠的对决中，我不再是白描画。我被幻化，像一颗泪珠，晶莹地落下。然后，帷幕合上。我安静地接受惨烈的偏离。然后，安静地对那些偏离我的男和女，致以安静的微笑。

有时，我安静地坐在电脑前，安静地回想职场诡秘的角逐游戏。职场就是战场，胜败从来就不是可以倾诉的内容。

我这么想的时候，苍凉的秦腔在心里悲壮地响起来。很小的时候，我听的是爷爷哼唱的《铡美案》，再大一些，看到了乡村戏台上的秦腔戏剧，演的大都是"奸贼害忠良，相公找姑娘"这一类题材的故事。

忠良那么好，为什么还是被奸贼害了呢？当然是因为皇帝的眼睛不亮心不明啊，再一个，就是忠良周围的人都是睁着眼睛说瞎话，是明哲保身罢了。拔刀相助的有几人呢？仗义执言的有几何呢？除了西汉的司马迁而外，好像还真找不出这样的人！可是，仗义执言的司马迁得到了什么呢？是阉身啊。那是阉了一个男人的尊严啊。好在方方正正的汉字置换了司马迁的悲凉，还原了司马迁的尊严，让他一直活在中国文化里，活在莘莘学子阅读的书籍里，有了长生不老的神韵。如果没有一行一行的汉字，那仗义执言的角色简直连个奸贼也不如啊！我忍不住叹息。我对着阳台外的星空轻轻地叹息。

"我不优秀，不够提拔重用的资格。"我给自己画圈，好像孙悟空给唐僧画圈一样，要把伤人的妖精界定在圈外，不要伤了自己人的性命。

"不是这个原因，是宋亚斌指定的人不是你哦，也不是贾娴淑，贾娴淑比你更有资格，是侯倩倩。你说，我们能怎样？每年的经费、项目，还有推荐的人事，哪一个不是宋亚斌点头答应的？"

这些句子像冰凉的子弹，闯过圈定，穿过我的胸膛，让我趔趄万千，心中千回百转中的血液在瞬间喷洒而出。我再一次明白，杀害一个人，是一件轻巧的事儿。

一个人，一把枪，一条命。这是我谋杀案里的主要道具。然后是时间。时间就定在夜晚。

黑色的夜晚，没有碧蓝的天空，没有挂在碧空上的月轮，也没有闪烁成金的星光，只有起伏而均匀的呼吸声。一条黑影从门外溜进来，一定是轻脚轻手的样子，仿佛鬼魅一样，悄无声息。转眼之间，黑影贴近床头，音乐响起来了，是鬼魅一样的音乐，让人惊悚不已。手枪举起（注意是手枪，不是长剑，长剑是英雄与英雄对决时的道具）。睡着了的人，毫无知觉。音乐停止了，一切都是空白，像国画中的留白，让人可以极力想象。

只听"啾啾"一声响，枪声连响，睡觉的人睁开眼睛，音乐响起来了，是绝望的钢琴声。被杀害的人看见或看不见什么，不重要，因为他的眼睛随即失去了光彩。他的口也微微张开，也许是想说一句话，也许是想问为什么，但是在钢琴的金属音色里，终归没有说出，然后把一生最重要的语言淹没在音乐里。

问什么呢？我得意地想，你欺凌弱势的时候，为什么不问"为什么要这样做呢？"如果你能问一下为什么，那么像我这样的弱势就不会有这种被屠杀得无声无息的感觉。

现在让你尝一尝无声无息地被屠杀的滋味。让你知道我这样的弱势其实是可以做一回报仇雪恨的主角的。不要让我绝望，当我感到彻底绝望的时候，也就是你品尝绝望的时候。

就这样，我在各种不完整的构想中，完成心中的阴谋，体验一次在现实中从未有过的报仇雪恨后的感觉。

在暮色微凉的时节，我的心里上演一类谋杀案。案情怎样曲折不是重点。重点是案情要有衬托。黑白可以衬托，红绿可以衬托。我策划的谋杀案的衬托，是一些小动物。

那是我在百姓广场看到的。春天来了，花盆里开着鲜艳的花，小动物被抚养出来了，放在小筛子里，毛茸茸的一堆堆，娇娇地叫着，没有妈妈的小孩子一样，声音里少了安逸，多了惊恐。小金鱼被孵养出来了，在透明的玻璃缸里碰来碰去，也游不出那巴掌大小的地方。

我看着那不停摆动滑翔的小鱼，以及永远游不出去的结局，我觉得吹在脸上的春风，一圈一圈地往心里钻。心里滋生出的对春天的感觉，也一圈一圈地往回缩，直到缩成一团，像冬眠的动物，用两眼一闭的睡眠，拒绝冰冷的世界，对整个世界不闻不问。

我觉得两眼关闭，是一种明确拒绝的方式。拒绝什么？拒绝认同身边的人，拒绝他们的接人待物的生活方式？两眼闭住，如果是永远，就是死亡。想到死亡这个字眼，我就觉得这是最后的希望。

"如果他们都是一群狼，而你做不了狼的时候，最好的方式是离开他们，与他们越远越好。千万不能做一只羊，还站在他们附近，那你就会被他们撕裂，吞噬，毁灭……"那是个春天，市公司工作组下来检查工作。然后，留下一个并不老成的男子，住在办公楼的客房里整理内业资料。那时，刚走出校门的我还像一个学生，那人就语重心长的样子，说了一段以上意思的话，让我记得最深刻的是："我劝你还是学着做一只狼吧！别的不现实。"

现实是什么，我不明白。不识庐山真面目，只缘身在此山中？离开不了，接受不了，郁闷主宰着我的心灵。在夜晚，在失眠的暗夜，为了释放心中的郁闷、憋屈，还有黑暗，我一遍遍地问为什么，为什么？

没有答案，只有墙上挂着的钟表声，"滴答、滴答……"，像檐水穿石，不温不火的声响是我听到的唯一的应答。

我睁大眼睛，看着淡颜色的窗帘，仿佛看到了大海。对，就是大海，是淡颜色的海水。然后，那海水流进了我的大脑。我清楚地觉得海洋在喧闹，波涛汹涌，还有月光。是的，月光下的海洋，一定是淡颜色的，像城北的沙漠，把神秘和恐怖淹没在其中。

夜晚沉默，闭口不言，所有的声息蛰伏在黑暗里，纹丝不动，与我意识里的喧闹相比，如同在沉默中被死亡的情节一样，让我感到失望由远而近，匍匐着靠近自己，突然立起，庞然大物一般站在我面前，让我猝不及防。

我一遍又一遍在心里演习被死亡的情节。死亡的主角是自己，被死亡的都是配角。配角不能是一个人。配角一定是与我思想、生活、观念有纠结和冲突的人。配角在身边，这也许是常理。我想，配角全被死亡，然后，我也死亡。我会两眼一闭，从此拒绝与这个世界对话或者对视。那是真正的解脱。

演习进行到这个时候了，我却无法闭上眼睛，因为我的眼里还有无数娇嫩的小生命，离开了妈妈的小动物，眼里是惊恐，声音里也有惊恐。没有妈妈的孩子，会活在惊恐里，永远不能正确地与这个世界对话。

我的孩子是我不能将预演变成现实的唯一的理由。

孩子是我和柯明鑫的孩子。我还没有打算给他生孩子，孩子就有了。我看着微微隆起的肚子，不知道该怎么样。不要，已为人妻，为人生子是天经地义的事。要，就知道这一生就这样活在实现不了理想的故事里。

我不敢一个人做堕胎手术，亲人又不陪我去医院，因为父母是坚决反对我堕胎。我就在不情不愿的情绪里，哭了又哭，反反复复，最终还是生下了孩子。我睡在产房里，看到柯明鑫小心翼翼地亲吻着刚出生的孩子的小脸蛋，我看到了他眼里流露出如获至宝的深情，我突然相信这才是世间最真挚的亲吻。我感觉自己瞬间变得很开心，很开心。我想，这才是自己做得最有意义的一件事。

那场测评好像在秋天上演。那时街上的行人不多，也没有观众。那时，树上的叶子正在飞落，天空上云层很厚，没有飞翔的风筝。好像故事的背景是灰暗的。灰暗的相框固定了那场演出。相框中央让我再一次看到了灰暗的景象。

灰暗那么冰凉，埋伏着一万种声音，与午夜城北的沙粒完全相似。

我低下了头，同时弯曲左臂，左手掌捂在左胸膛上，想要捂住左胸膛里的心。

心间，二胡声响起，我想起《胡笳十八拍》的古典音乐。古典是裹着水的玉器，漫过读过的历史故事。年少时那些蜻蜓点水式的阅读，一直存在。只不过把阅读的书籍换作了面孔。

柯明鑫

　　在那个春风即将来临的日子，岳父胃痛难忍，面容消瘦，小城的医院没有先进的仪器设备，白衣天使建议我们带上父亲去大城市的医院详细检查一下病情。年末岁首，各种考核接踵而来，白描画以工作为重，接待各个部门完成考核工作。等待春风来临时，岳父却查出了胃癌的大病。医生自然地说，要是早来一段时间就好治多了。白描画躲在医院的角落里，哭声震天。她双手紧紧地抱住我，仿佛下一秒，就有风暴把她带走。

　　她紧闭着眼睛，仰着脸，贴在我的脖颈上，一动不动地倚着我。

　　"你先不要难过，说不定是误诊。医院活检结果后天才出来。说不定有误差。"我一边用手掌轻轻地拍着她的背，一边稳稳地说。对这个女人，我有最复杂的感情，但没有了爱情，爱情有生长、消失的规律，现在爱情变成了亲情的一种。这个女人，长得娇小柔弱，但是从来不向我示弱示娇，把她自己伪装成男子汉大丈夫的模式，让我郁闷。今天，她才像个女人，柔弱得像一朵花，让我心生怜惜。我是一个男人，需要一个女人在我面前可怜楚楚，激发我的男子情怀。她一直像一个爷们，从来不问我要穿要戴的，也不化妆打扮，更不去打麻将，她一门心思就是工作工作，简直是个男人婆。我恨透了她的这种模式，简直就是她的愚蠢。但是，我还是忍忍吧，我的岳父待我很好，先看好他老人家的病再说吧。

窗外的夜色渐渐落了下来。浓浓的夜色在窗外弥漫。坚硬的玻璃阻拦着黑色的浸入，条形的灯光抵御着黑色的侵入。屋内一片明亮。明亮的灯光下站着摇摇欲坠的白描画。屋角翠绿的铁树有些焦急地伸着脖子，电视旁的兰花停下了幽香地吐气。我低下头，在她耳边轻轻地说："你，这么温柔。我好像从来没见过你这么温柔地趴在我怀里啊！"我用平和的语气，是逗白描画的意思，是想要她不要紧张。

"我一直，就是这样，温柔的人……"她鼓着力气为自己辩解，我突然觉得她这个样子，确实与平日里不同。难道女人就是这样？这个想法一闪而过，我没有心思去琢磨这个问题。

"就是我从来没有像现在这样害怕。害怕爸爸的病是，胃癌，晚期。"说完最后两个字，她更加抓紧我，我觉得白描画是一个被大风带到天空的气球，无边无际的茫然包围了她。

"应该不会吧。"我轻轻地说："明天我去问问县医院，看能不能用CT复诊一下。我再问一下郭三秦，他在县医改办工作，看这样的病在哪里治疗最好，还有医改办这里有什么手续要办理。万一需要到北京、西安的，咱马上就走。"

白描画

　　我身处风暴之中,听不见老公的声音。我一动不动地趴在老公的怀抱里,一句话也不说。仿佛躲在老公的怀抱里,就可以躲开生离死别。

　　风暴在我心里呼啸。对于我来说,那风暴不亚于巨浪滔天的海啸。我经历了生离死别的场景。我记得那天妹妹打来电话对我说"爷爷走了……"我一边想爷爷有病在身,能到谁家去串门呢?是不是要回大哥家,一边问"爷爷走谁家了?"电话那边传来了妹妹的哭声,我才意识到爷爷去世了。当我赶到爷爷家时,爷爷两眼紧紧地闭着,僵直着身体,父母亲正在给爷爷穿衣服。我叫了一声"爷……"双膝一软,就跪在了地上……然后,两年后,抚养我长大的奶奶也走了,以生离死别的方式走了……

　　"不要,不要。我不要。"我趴在他的肩上,祈祷似的低语。我心里默默地大喊:"我不要生离死别,我不要啊!我的爸爸才六十来岁,我不要啊,不要生离死别。"

此时的我,感觉到自己是一只蝴蝶,一只停歇在老公肩上的蝴蝶,扑扇着悲伤的翅膀,脆弱得不堪一击。这样的感觉在几年前有过。那时,我做了鼻窦手术,每次换药后,我痛得摇摇晃晃。我只能趴在老公的怀里,一动不动,仿佛一只受伤的蝴蝶,藏匿在浓荫下。

此时我的脆弱只有老公懂得。我不能把这个信息透漏给妈妈,更不能让爸爸知道。此时只有老公,可以相互商量,可以给我信心和依赖。

听了老公的话,我点着头。此时的我,已经有些六神无主了。我的心像热锅上的蚂蚁,不知道接下来要怎样做。现在听老公这样一说,才有了稍微的镇静。"是啊,明天去县医院做个CT,说不定是误诊呢。"我仿佛看到峰回路转的希望。我希望父亲的病不是银川医院的大夫说得那样严重。

"睡吧。明天你去单位上班。有我和哥在,你就不跟着跑了。"老公说着,我觉得自己看到气球下缀了一条结实的长绳。还有一双手牵着自己。

"嗯。"我点了头。我不知道除了点头,我还能做什么。

那天正午,我宁静的耳边,突然响起了一声惊雷。紧接着,狂风骤雨在我的世界开始肆虐起来。雷鸣闪电,倾盆大雨夹着猛烈的风,袭击了我的世界。我睁着眼睛分不清身在何处。我的神经系统全部短路了,脑袋里的内容在瞬间被雷电剪切,被风雨删除,一点图文也没有留下,只有空荡荡的白色,在眼前不停地飘忽,像一场西风拖着一张幕布,覆盖了所有的山岗。

白色的衣服，有着细微皱纹的女医师，以及半页A4纸张大小的检验报告。我的意识里只有这些，其他的人和物，都已经逃离，以光子的速度从医生办公室逃离，只有我一人，来不及逃离，被监禁在白色的房间里。白色的房间像空白的word文档一样，空白一篇，连一个标点符号都没有。是没有点击保存键，还是被模糊？我分不清眼前的这一切。

女医师微微吞吐出的声音，以及声音里携带的内容，与那张检验报告一样。一字一点，一图一例，一句一音，借着荧光灯下细微的光线，一缕一缕地侵蚀着我的心脏。这比另一个世界的魔鬼更让我恐惧。我的心在剧烈地摇晃。

我想要仰天呼喊。我张开了嘴，却发不出声音。属于我的声音消失在另外一个世界里。我惊愕。我听见了女医生的声音。我把医生的声音传递给我的内容，用自己僵直了思维，全部抖搂在地。我看见了颤抖不已的自己。我突然伸出剪刀似的手指，一条一块地撕碎那些关于疾病的内容。

我不想再看见那些落在地板上的七零八碎的病症。我只想立即逃出诊室，奔向距离天空最近的天边，问："为什么会是这样的报告？"

我要抬脚，才发现我的腿好像注入了胶铅，与地板粘连在一起。提不起来的脚板，直接耷拉在地板上。冰冷的瓷砖地板比另一个世界温暖。地板硬生生地拽着一双脚，仿佛一抬脚，我就会跌进另一个世界，就会被魔兽血腥的巨齿撕成碎片。

我失去了走路的本能。迈不出脚，我用一手支撑在医桌，一手抓着小提包，站在医师身旁。不能移动自己，我把眼里僵直的光芒投向医师背后的窗户。窗外,蔚蓝色的天空,斜斜地连着远方的树梢。树梢之上是高高在上的蓝色。蓝色款款地来到我的身边。医师缓慢而条理清晰的问句,像一块蓝色的手绢,冷静,静谧,理智。我只想拿这块手绢擦擦自己的眼睛。因为我不知道怎样回答医生的问句。

我明白医师是慈善的,因为医师最先的一句话是"你们都出去,只留下一人"。这样,哥哥拉着父亲出去了,在诊室门外。之后,在我要张嘴与女医师对话时,才发现张开的嘴里有个声音,就要呼啸而出。那是无数悲恸的声音,它们锣鼓一样藏在咽喉,只要我一张开嘴巴,那些声音就会响彻医室。

诊室的门敞开着。

我飞快地瞄了一眼门外,不敢泪水盈眶,因为我看见门外的父亲正看着我,眼神十分关切,好像在问,难道会是很严重的病?

我马上意识到真相对父亲的打击是多么严重。我立即明白,我要父亲,我不要真相。

我把手掌握成拳头的样子。用紧握的拳头,把从自己的胸腔里汹涌而出的哭声,狠着劲打压回去。压缩在胸腔里的声音越来越多,以兵临城下的阵势与我的咽喉对峙。

我不能回答医生的提问,因为我不敢张开嘴巴。只要我张开嘴巴,就相当于打开了城门。那样,悲恸的声音一定从咽喉奔跑出来,眼泪也就会从眼里奔涌而出。

为了父亲,请把真相忘记。我反复地说给自己的心听。再说,活检的报告不是还没有出来嘛。肯定是医师危言耸听。

我不知道自己怎样走出诊室,怎样走出候诊室,又是怎样踩上了电梯。

我走在前面,因为我害怕哥哥或者老公问什么。我知道我不能说话了,哭声就藏在喉间。父亲坐在大厅里,等待哥哥和老公取药。我的喉间在鼓着劲,翻腾,压不住的悲伤一点一点来到了我的舌尖……我不敢坐在父亲身旁,也不敢和父亲说话。我绷着脸,压抑着。

我装作上卫生间的样子,离开了大厅,转到距离父亲很远的楼角,趴在空荡荡的拐角窗户前放声痛哭。

"爸爸,我的爸爸……"眼泪、鼻涕,纷涌而出。我不能接受的疾病啊。

堵在咽喉的声音释放了,蓄积的眼泪也流尽了,我擦干脸面,看着天边的云朵,就像看见了逝去的爷爷和奶奶一样,双手合一,"请把我爸爸身上的疾病带走吧,爷爷奶奶,请把我爸爸身上的疾病带走吧……"

我絮絮叨叨地默念了一阵,然后就像真的把疾病驱走了的样子,十分轻松地回到了父亲身边。

哥哥与老公取药回来了,我跟着他们平静地离开了银川医院,像来的时候一样平静。

阳光有些斜,哥哥、老公,还有我,他们一起若无其事地与父亲谈话。路边的雪是那样的悲凉。肯定会消融的,我想。

一路上,他们说汽车的性能,说天气的反常,说饮食的重要,说七大姑八大姨的事情,说吃五谷生百病的正常现象。

我的心里一直在喊,一定会治好的,一定会,要一定会!

我提着水壶,要从一楼到四楼。身边的人影擦肩而过,我低着眼睛,什么也不想看见。我低着头,视线直直地垂落在脚下。红方格、白方格组成的地板砖,一层一层铺成的楼梯,还有匆匆而过的脚步,在我的视线里走向远方,走向模糊。我的空间里只有父亲的病情。

那天去县医院,由于CT配置低,做不了大病诊断。第二天,银川医院的活检出来了,结果是胃癌晚期。我听到这个结果后,顿时瘫坐在地板上,仿佛一块巨石压在我的肺腑上,停止了我的呼吸。而癌症,是个魔鬼,正从另一个世界对父亲虎视眈眈,不时发出震耳欲聋的吼声。我想,我们不能退缩。只能联合起来,用血肉相连的力量,把魔鬼传来的声音,用刀光剁碎,用剪刀剪断!

哥哥决定带父亲去北京的医院治疗。老公说,他问了他的朋友资深医生郭三秦,郭医生说做了活检,癌细胞转移得非常快,要尽快做手术。现在时间就是生命,能不能救命,全看能不能快点做手术!如果去北京、西安这些大医院,仅排队住院也得等几天,轮到做手术时,最少也得十几天。这十几天的时间谁敢耽误啊!时间就是生命啊!我一听,也没了主意。

老公说,咱们就上榆林星愿医院吧。那里有我二哥,人熟,对医院的医生也了解,肯定耽误不了治病,无论有啥事,咱也能问得到,这最放心了。

我一听去星愿医院,也同意。几年前,我在那个医院里做了鼻窦手术,住院条件不错。病人术后的护理也不错。我在网上了解到,癌症手术后,护理非常要紧。再说,现在紧急手术才是上策。

就这样,他们带着父亲住到了星愿医院。老公的二哥是个非常优秀的大夫，他看了病例，说这样的情况现在谁也说不准，只有打开腹腔看了，才能说准确，才能确定有没有施行手术的价值。有的病人的腹腔打开后，癌细胞已经全部转移，肝脏全部感染，就只好再缝住腹腔……

我听了，心里不断地祈祷"能做手术，能做手术……"我只盼望父亲的腹腔打开后，不是像诊断证明那样糟糕，还能顺利地做手术。

接下来就是术前的各种大大小小的检查、化验，然后开始给父亲输液，洗胃，并且不让父亲吃饭，只能喝牛奶和没有米粒的稀饭。我看到父亲瘦得十分明显，脸上爬着令人不安的皱纹。

现在我每时每刻只想一个问题，"到底能不能顺利地做手术呢？"我不断地独自追问，却不知追问的对象是谁。在行走时，我不停地追问着匆匆而过的影子；在站立时，我不断地追问着冰冷的地板；在洗漱时，我追问着哗哗的水流；在梳头时，我追问面前的镜子；在吃饭时，我追问举起来的竹筷……影子不说话，地板不说话，筷子不说话，水流和镜子只给我声音和虚幻。

到底是问天，还是问地，我不知道。意识里只是不停地追问，脑海里只有一个个大大的问号，在风雨中连续播放，每天每时每分每秒，都在旋转，像失去刹闸的汽车，不能停止，在崎岖的山路上，在没有光照的阴雨里，疯狂地奔跑着，不断地消耗着我的一切，让我穷心竭力。

能？不能？这问题，没有人回答。怎么办？怎么办？怎么办？走着，想着；想着，走着。那就用最简单的单双数字来预测父亲的病情吧。我在水房打上了水，提着水壶，开始迈步。如果到了四楼病房前,我的脚步是双数,那就意味着父亲的病可以手术;如果是单数,就是……

我口里默默地数着"1,2,3,4,5,6……69"。我走在了三楼与四楼的中间,抬眼望着眼前的四楼,几层台阶上去以后,就是四楼。我内心开始颤抖,我知道这样数着,有两种结果,一种是双数,我会兴高采烈;一种是单数,那是我坚决不能接受的结果。

"不,我不要单数。"我心里坚定地说。

我有些懊悔为何用这样的方式预测父亲的病情。有医生,有科技,一定会好的。我立即放弃了数数,踩着红白相间的地板,走向十三病室。

十三病室40床,是父亲目前的代号。有了这个代号的父亲,不再是我年幼时看到的父亲。那时候的父亲,高大,英俊,穿着黄军衣,戴着有红五角星的军帽,背着带着刺刀的步枪……此时的父亲,鼻腔里插着胃管,胸前吊着胃管末端的圆盒子,像风中的老树,落着枯黄的叶子。

父亲的疼痛,我不敢说,也不敢问。只是看看,心里就一阵一阵地发憷。但是我和哥哥并不表现出这些。他们装作什么感觉也没有,只是说,"不疼吧,爸爸!"

我不知道怎样才能让我的父亲康复长寿,我只能祈求万能的上苍。

太阳落下,夜晚来临,我站在走廊的窗户前,望着满天星辰,默默地举着双手,掌心合一,"请星辰带走我爸爸的疾病!"我双手合一,闭着眼睛,像虔诚的心住在澄明的水井里一样。我的内心一片澄明。

早晨，阳光升起，我给父亲买牛奶的路上，看到冰和霜在阳光下微微地消融，路边的沙和土正在用肉眼看不见的方式悄悄融合。这是正月初十，冬天已经过去了，春天正在走来的路上。万物复苏的春天啊，我想着，想着，就站在枝叶稠密的松树前面，双手合一，向着布满阳光的天空祈求："请垂怜我的祈求，把病魔从我父亲的身上驱除，让我的父亲远离病痛的阴影。"

回到病室。鼻子里缀着管子、盒子的父亲，艰难地喝着牛奶，一声咳嗽，喝下去的牛奶从鼻管里喷出来。父亲推开了碗，躺在床上，闭着眼睛。

面对父亲的病情，我明白了自己的无能，我感叹生命的不堪一击。我懂得此时的父亲，是波涛汹涌的大海上的一叶小舟。能不能平安渡回，全仰仗看不见的神明了。

去年的冬季被冰雪包围。那时，我以为父亲的消瘦是因为秋天里忙着盖房，累着了，还有奶奶的去世，使他伤心……我不知道父亲的消瘦是因为疾病的侵害。

"明天就要手术了。"大夫罗志军穿着白色的大褂，白净的脸上全是专业的表情，他走进病房，问了一些基本情况后，对父亲说了这句话后，就慢慢地走出病房。

大夫是老公的二哥推荐的。二哥说，治疗这个病，这个医院里，罗大夫最专业。我第一次拿着父亲的病例进到罗大夫的办公室，看到一张英俊的长方脸，一副干净的眼镜后面是一双干净的眼睛。罗大夫看了病例，慢慢地抬起眼睛，"只要没转移，就有救"。他语速非常慢，仿佛每一个字，都是生命，都需要珍惜。我看着他修长的手指捏着钢笔，"刷刷"地写下要做的诊断和用药，字迹十分潇洒。哥哥见了大夫后说，这个大夫，说话一句一顿，字句斟酌，态度认真负责，给人感觉非常专业，也非常敬业。我和哥哥、老公一致相信罗大夫能妙手回春，只有要一份希望，父亲的病就能由他治好。

"不，我，不，做，了……"父亲艰难地表达了自己的意思。

"把，这，些，管，子，都拔了，回家！"父亲脸上的表情很坚定。

哥哥和老公愣住了，我也愣住了。父亲一直是很配合的，父亲曾是军人，也曾在戈壁滩参与军工建设，一般的磨难都会逾越。是什么让父亲放弃？是父亲知道了什么，还是本身的疼痛与不适，让父亲难以忍受？

父亲不做手术的坚定，让我不知如何是好。

"咋能不做呢？不做怎么办？"我说着，心想，能不能救下父亲就指望这个手术了，如今父亲要放弃手术，那不是放弃救命了吗？再一看父亲鼻子里插着胃管，手臂上吊着两个输液管，胸前吊着塑料盒。我压在心底的眼泪汹涌而出。我趴在父亲的床边，忍不住的眼泪不停地流。

老公一看我泪流满面的样子，坚决制止："好好的，你又哭声闹腾的，这是咋啦！"

我明白老公的意思，是不能让父亲有任何的怀疑。我立即止住哭泣，走进卫生间，由老公和哥哥劝说父亲。

我是爸爸

当我的女儿描画在我的脚边哭得抬不起头时，我是多么心疼她。她的脸埋在我的被子里——盖在我腿上的被子里。她的一只手抓着我的脚，一只手抓住被子。她的肩膀在抖动。我听见了她的哭声。这些咽不下去的哭声，其实我不想听。

我记得她小时候的哭声，哦，那是她出生时的哭声，天籁一样。后来，她会笑了，我就逗她笑，我每次听到她的笑声，好像是五天没喝水后看到一碗水一样。我让她坐在我的肩膀上，带着她走出家门，她咿咿呀呀的声音对应着屋檐下的小燕子的声音，一唱一和，让我陶醉。我在部队唱过所有的红歌，京剧《沙家浜》我最拿手，还有《红梅赞》《三项纪律八项注意》这些歌曲高昂，激越，唱完歌，浑身充满力量。自从有了我女儿，我才知道除了这些歌曲，还有我女儿的声音是最好的音乐。我带着她走出大门，走到院子外面的椿树下，她咿咿呀呀的声音惹得枝头的麻雀在叫，喜鹊在飞。

我女儿的声音是我听到的最好听的音乐。她的小手抓着我的耳朵，她不咿咿呀呀了，她的小嘴凑过来吮吸我的耳朵，应该是她饿了，把我的耳朵当作妈妈的奶奶来吃。我把她抱在怀里，她的小手在我的胸前抓，以为我与妈妈一样，胸前长着一对大奶奶。她一边抓我的衣服，一边哭，嘴里还嚷着奶，奶，我看了一下手腕上的机械表，还不到放学的时间。小孩子长身体，每天要吃几次奶水，不能像大人一样，一日三餐就行了。她妈妈教书去了，我应该给她吃点什么呢？看着怀中哇哇哭闹的小女孩，我解开自己衬衣纽扣，她不哭了，小嘴马上凑过来，以为我是妈妈，解开衣扣，就可以给她吃奶水了。她吮吸不到奶奶，她的小嘴在我的胸前来回寻找，她的小手在我的胸前抓着，她开始哭了。我摇了摇怀中的小女儿，说妈妈快回来，快回来，喂我的小燕子。

那时，我家屋檐下住着几只小燕子，每当燕子的妈妈衔着食物飞回来时，窝里的小燕子张开小嘴，振着翅膀，大声呢喃，好像在说，妈妈给我吃，妈妈给我吃，等待燕子妈妈把食物喂进它的小嘴里。我数过，一窝燕子有五只，自从有了孩子，看小燕子张着嘴，嗷嗷待哺的场景，觉得很动人。有几次，我甚至担心燕子妈妈会不会只给扑在前面的小燕子吃得多，给站在后面的小燕子吃得少。我抱着哇哇大哭的女儿回到屋檐下，给她指着小燕子，说，看，小燕子，她听到了燕子呢喃的声音，两只亮晶晶的眼睛一动不动地望着正在张开小嘴齐声呢喃的小燕子。我说，好看吗？她不哭了，眼睛盯着屋檐下，眼睛里布满了惊奇。我说，爸爸给我的宝贝女儿画几只燕子，我一手抱着女儿，一手从屋里搬出画板，椅子，把小女孩放在椅子上。乖乖，不要动，看爸爸给你画小燕子。她不闹了，惊奇地看着我画画，我画了小燕子张开小黄嘴等着妈妈喂虫子的画面。我的女儿看着画，又看了看屋檐下的小燕子，她咧开小嘴，嚼着口水，发出了音节，奶，奶。所有美好的事物，她现在只用这一个词表达。也许她饿。她饿是因为她不喝羊奶，不吃牛奶，除了她妈妈的奶水，她啥都不吃。她再大一些就好了，我那时那样盼着，她长大一些，就应该吃米饭、面条、蒸馍，还有猪肉、羊肉。她长大了，看了一回杀猪的场面，她不吃猪肉了。她喂了一只小羊，小羊被狼咬死了，她不吃羊肉了。每次看着她的细细的手腕，我忍不住地心疼。我打了一些野鸟给我的女儿吃，没给我隔壁的一个乡领导吃，他反映给一个熟悉的记者，记者修改了稿子后，发在党报上，我被免职了。免就免了，我这辈子，从没有怨谁恨谁。也许因为我曾是一名军人，曾跟着部队东西南北地走动，还参与了第一颗人造卫星发射工作。东方红一号卫星升空时，我们趴在酒泉戈壁滩上的军事防御工程上，亲眼目睹了那一瞬间的光芒与辉煌。我有时碰见那位领导，友善地与他拉话，当然，我不拉他儿女的话题，听同事说，他太亏人，儿女都是歪崽子。

我的胃病是年轻时就有了，那时候，部队里也是饥一顿饱一顿，有时候行军一整天，顾不上吃一顿饭。当然，这么多年，我还健在，已经属于幸运。我的一些战友已经不在人世了，听说其中的原因之一是被核辐射，辐射就辐射吧，因为咱当年是戴着五角星穿着黄军衣背着长步枪的人呢。听说被核辐射过的人免疫力低，我的胃病会不会很严重，一定是很严重，要不，怎么会有没完没了的检查、化验，还有，我的病房怎么会有医护人员频繁出入。你看,我女儿忍也忍不住的哭声,绝对不是简单的病。

我舍不得撂下我的家人,我要活着,活着多美好,我可以看到我的女儿,不论她是快乐的,还是忧伤的。她的个性就是太犟了,她是一个一条道走到底的人。她妈妈常批评她:一般人是碰了南墙就回头,你是一定要将南墙撞开个洞,还要向南走。她在职场上的不顺利,肯定与她的倔强有关系。不过,在我看来,一个女子,有碗饭吃就行了,不升职,也没啥,毕竟当领导的职位少,竞争激烈,我不希望我女儿面对残酷,职场如战场,我女儿看看战场就行了。我的女儿是善良的,善良是天生的。我的女儿三岁时,我和她妈妈带她到县城看戏,看的是秦腔《铡美案》,看到韩琦杀庙时,韩琦拿着大刀,一次次走向秦香莲母子三人,引来秦香莲母子三人的哀呼,我的小女孩看懂了剧情,她转身大喊:妈妈,快把台上那两个娃娃领回咱们家,不要被杀了!惹得周边看戏的人轰然大笑。那只小白羊被狼咬死后,我不是因为看到她脸蛋上的眼泪才决定给养一只狗,我是看到我的孩子总是走到背湾看马(我大哥买了许多新疆伊利马),我清楚地明白,狼在这个地方咬死了小羊。我训练了一只狗,当然没有像训练军犬那样训练,我只是训练它拥有足以斗过一只恶狼的技能。我把那只黑脊背、白肚皮、白爪子的狗带给我的孩子们时,我的孩子们是惊喜的,欢快的,他们带着狗到处跑,咯咯的笑声四处飘扬。我不知道我的安排是欠周到的,这只黑狗太灵敏太通人性了,它牢记我的指示,一心一意地保护我的孩子,任何人都不能靠近我的孩子。它凶狠得亮出獠牙,过路人也要挡住,不让走过我家大门外的土路。不到半年时间,方圆百里的人都知道我家有一只凶狠的狗，然后，有人就给它吃了毒药，狗死了，我的孩子蹲在狗的面前，一动不动，哭得连声音都没了，还是我送走了死狗。

我要活下来，我要守护我的孩子。我要看着我的孩子健康、快乐、平安地过着平凡的日子。我的儿子高大、端正，我的女儿美丽、善良，我的人生其实就是幸福的人生。我是熟悉我的身体的，我就像戈壁滩上的梭梭草。苍凉是我生命的基调，用什么声音形容梭梭草，我想还是用音乐，悲壮的音乐，譬如《满江红》，豪情从心底熊熊燃烧，照亮前方的路；譬如秦腔《下河东》，西皮慢板，一板一眼，唱出的是回忆和沉思，有着博大的气度。我画梭梭草时，一直用赤红色，或者墨绿色。

我认为戈壁滩上的梭梭草，就是象征生命这一主题的，要红，就红得真诚；要活，就活得顽强。我应该顽强地与病魔做斗争，顽强地活下去。

白描画

"手术是有风险的。最不好的结果就是下不了手术床……"我最不想听这样的话。但是,每个做手术的大夫都是这样对家属讲。没有人情味的术前谈话。我听了大夫的术前谈话,感觉自己心里承受的压力到了极限。走出医生办公室,哥哥回病房照看爸爸。我一人慢慢走到走廊尽头,刚才挺直的腿,慢慢弯曲,放弃了挺立。我像一头疲倦的牛一样,卧倒在地上。看着并不干净的地板,我站不起来。

风从打开的窗户吹进来,把我的眼睛掀开一道缝。唉,奋争几千年,癌症依然是人类挣不开的一道魔鬼绳索。让人类骄傲的科技至今仍然在这道绳索的绑捆下,只能保持失败而惊恐的姿势。黑白相间的地板砖,深刻而僵硬的颜色,一刻不停地出现在逃亡的路上。医院的一切,无论看上去怎么干净,可是在心里,那是与洁净拉开了一段距离的干净,总有被人紧紧追杀的感觉。我明白,我和哥哥、老公,正在紧张地应对着紧追而来的杀手。

晚上，我走出病房，站在楼梯道的僻静处。我先拨通了妹妹的电话。妹妹说，"这几天，妈妈常常一个人一动不动地坐着，我明明叫了几声妈妈，妈妈都没有反应，也不答应。家里的锅炉，这几天也忘记烧了，都冻坏了……"我听了，心里一股涌动的酸楚冲向我的鼻子，我揉着眼睛说："爸爸明天做手术，你给爸爸打个电话，主刀大夫是个敬业认真的医生，肯定能做好手术。咱们去大医院，人家的主任医师一般是不主刀的，主要是实习生在做。现在由主任医师主刀，咱要爸爸心态平和，不要担心。"

给妹妹说完，我让我的女儿接电话"宝贝，你现在就给外爷打电话，一定要外爷坚强，好不好？""知道了，妈妈。"女儿很快地回答。

我的手有些颤抖，我拨通了母亲的电话。"妈，你知道了……"我哭着说"我爸明天做手术……"

"你不要哭了……"母亲在电话那边也哽咽着"我给你爸爸说说，要他坚强些，好好配合医生……"

这是自从查出父亲的疾病后，我第一次给母亲打电话。我原不想让母亲知道父亲的病情，那样，只能让母亲难过。我一直相信父亲的病会治好。还有，就是觉得我不敢和母亲说话，因为我知道母亲一定会问我父亲的病情。说这样的话题，我会忍不住地哭出来。我准备一直瞒着母亲。

刚才，哥哥说他已经给母亲说了父亲的病情。我才知道自己想得有些简单。

哥哥说，"现在就瞒着爸爸。我们单位一个同事，查出胃癌九天后就去世了。人们都说不是病的问题，是心理的问题。所以,一定不能告诉爸爸,也不能让医生、护士告诉爸爸。古人说,医病者容易,医心者难,就是这个道理"。

父亲被推进手术室。我站在手术室门前。心里默默地祈求:"请保佑我父亲能够做手术!请保佑啊!"堂哥都来了,我看见瘦弱的大哥时,眼泪止不住地流,我用手遮住面颊,不敢哭出来,却怎么也止不住,咽喉里发出低低的呜咽声。老公看见了,就走过来制止我说"好好的,又哭声闹哇地,咋了!"

我懂得老公的意思。"好好的"是老公对父亲病情的描述,这也是我最大的愿望。老公和我心有灵犀,我们都明白,父亲的病情千万不能让父亲知道。不让父亲知道,当然就是尽量不让亲戚们都知道。亲戚们知道了,那脸上的表情,还有言辞之间的疏漏,都可能让父亲捕捉到什么,或者感觉到什么。这样,是不利于父亲接受治疗,更不利于父亲顺利康复的。所以,我们并没有将父亲的病情告诉堂哥们。只是说需要做一个手术。老公制止我的眼泪,也在暗示我不要哭得泪流满面,让堂哥怀疑父亲的病情是严重的。而这正是我和哥哥、老公要隐瞒的。

八点半到十二点半,父亲在手术室的时间整整四小时。父亲被推出手术室时,人已经昏迷了。他被哥哥们抬放到重症监护室的病床上时,更加昏迷,不停地说"炉馍馍""炉馍馍",两只手不停地往腹部抓。老公与哥哥分别抓住父亲的手,紧紧地握住,不让父亲抓到伤口上。

哥哥心疼地说"一定是爸爸有一次吃炉馍馍以后,胃痛得厉害,你看他在昏迷时,只记得这件事……"

我看着父亲挣扎的样子，不知道是什么原因，我拨通罗大夫的电话，说父亲的情况。罗大夫很冷静地说，是正常现象，病人从手术床上下来，都是这样，心里烦躁，如果挣扎得厉害，就给点镇静药。这时的我，不相信医生了。我看到正走过来的二哥，就焦急地说"我爸爸怎么一直在挣扎，是不是哪里不正常了？""应该正常。给点镇静药。"老公的二哥很专业地说。我跑上八楼，寻找麻醉师，护工说这个时间了，都去吃饭了。我只得回到监护室。不一会儿，麻醉师来了，在父亲的手腕处，推了一针镇静药，父亲渐渐平静下来。

现在，父亲处在危险期。监视器不断跳动着父亲心跳的指数，高一会，低一会；两条输液线管连着父亲的右手，一颗一颗的液体往下滴。

我坐在病床边，紧紧地抓住父亲的右手。我握住父亲的手，让父亲的手保持固定的状态。

父亲的手那么冰冷。一阵阵悲伤袭击着我的心。自己早是干什么的啊！为什么不能早点带父亲去检查呢？

去年，县里的医生就建议带父亲做个胃镜。可是，单位里正忙，我觉得在那个时候请假不地道。所以，一直没有带父亲去省城的医院。

如今，父亲竟是这样的病，我有了悔青肠子的感觉。我用双手包围着父亲的右手。顾不上父亲的左手。因为父亲的右手腕上扎着针头，正在不断地输送各种营养和药水。我相信这些药水，正在用不知疲倦的化学方程式，分解着癌症的魔咒，用永远不朽的透明色，不动声色地给予父亲最终胜利的力量。

小时候，父亲的手掌在我看来是多么宽大有力啊。就是父亲的这双手，将年幼的我举过头顶，骑在父亲的脖子上。父亲高架着我，东家出、西家进地夸耀自己的女儿长得俊俏。父亲用这只手教我写字，教我数钱。父亲用这只手画下大雁天上飞，排成人字形，天边有红红的太阳，天底下有绿绿的树。因为我的小名叫"雁子"。那是我刚上学时，父亲画在我的书包上的图案，然后，母亲用丝线刺绣成图。上学后，每逢开学，母亲用牛皮纸给我包书皮和本子皮，父亲则用漂亮的毛笔字或钢笔字，写下科目、年级，然后就是我的姓名。每年除夕，父亲用这只手写成红红的对联，然后带着我们贴对联、门神，挂起红红的灯笼，让过年的喜庆围绕着全家人。父亲用这只手扳动枪栓，打下野鸟给我吃，因为我不吃猪羊肉，瘦得像小猴子。然后父亲这一行为被登在报纸上，被通报，并且被免职。

我听着爷爷奶奶的叹息声，还有亲戚的惋惜声，我不知是什么邪恶的力量伤害了高大的父亲。一直给我安全感觉的父亲被伤了。这是我有生以来第一次感到害怕。我觉得寒冷。寒冷也钻进我的血管里，让体内所有DNA的复制，不知不觉地掺着看不见的寒冷。至今，我的体温是低的，看人是冷的，我感觉我能看见人心里最阴暗的一面。

还是父亲给了我温暖，父亲用悠扬的二胡声，让我热爱生活。父亲给我教乐谱，教我唱秦腔，教我搓麻花，包饺子……父亲用这只手打过我的屁股，因为什么呢？小小的我压根不记了，只记得当时哭得很厉害。妹妹小时候胆子很小很小，父亲在玻璃上画了一只大老虎，虎眼睁睁，獠牙尖锐，栩栩如生，父亲说有这只老虎守护着妹妹，妹妹就不会害怕了。可惜，一天，我扫炕时，不留意，刷子脱手飞出，打碎了玻璃画。我以为父亲那宽大的巴掌会落在身上，可是，父亲并没有，他只是另外买了一幅老虎图画，挂在家里。他说，玻璃很危险。

"手术很顺利。"罗大夫说。我觉得一双神奇的手，伸进我的胸腔，取走了压在心头的石头，原来死气沉沉的心，现在可以扑腾扑腾地跳了，我长长地吐了一口气。神经错乱般地追问结束了，打开的阀门闭合了，轰鸣的奔驰停歇了，我的思维恢复原状了。

"病灶做了彻底的清理。"罗大夫说。我眼前一亮，一直肆虐的风暴突然停止了。一叶载着父亲的小舟由高明的舵手驾驶着，正在顺利返回。

我把老公拽进卫生间，趴在老公的胸膛里，头安放在他的肩上，脸贴在他的脖颈上，久久不动。

"病人术后护理更重要。"老公重复大夫的话。

我在网上查看得知，术后还在危险期，如果护理不好，不能按期出院，就表示还是没有脱离危险。

"你的头发开叉了。"老公有意无意地说。我正在洗漱。

"开就开去。"我并不在意地回答。

"我们老家那里有个迷信说，头发稍开叉，可能亲人会去世。"

"啊！"我惊讶地看了他一下，然后猛烈地摇头"你瞎说。"

"可能吧，记得奶奶去世时，你的头发稍开叉开得比较厉害。"

我突然想扑过去咬住老公嘴唇——让你给我胡说。可是，他是无意说的。我有些伤感地梳着头发，"头发是一个人血气的表现……我近来精神状况不太好，头发稍枯了，当然会开叉。"我坚决否认他的说法。

坐在父亲的床前，看着父亲依然消瘦的脸，依然困倦的眼睛，脑海里突然跳出老公说的话。

"不！"我觉得自己低沉地叫着，像受伤的动物在自卫。

早晨的阳光从窗户透进来，照着父亲。我的目光悄悄地在父亲的头上盘旋。父亲的头发整整齐齐，那是哥哥梳理过的。今天，我突然觉的父亲斑白的头发更加斑白。是心理作用？我自问。

父亲的嘴唇有些干涩。手术后，肚子里上下不通气前，严禁喝水吃饭。一点饮水不进，嘴唇自然干燥了，附着白白的皮肤。我想起自己手术后，鼻腔被药布堵实，口唇很干，老公坐在床头，把葡萄一粒一粒地剥去皮，一粒一粒地喂我。

我从暖水瓶里倒出少量开水，用筷子蘸一下，再把有水的筷子在父亲的嘴唇上轻轻滚一下，好让父亲的嘴唇湿润一会。这样的动作我重复不断地做着。父亲的脚也是冷的。我在洗手间接半盆热水，把毛巾泡进去，热水浸透了毛巾后，我再把毛巾拧一拧。掀起被子的一角，只露出父亲的一只脚，用冒着热气的毛巾，把父亲的脚上部裹住，用手在父亲的脚趾缝按摩，挨着一个一个地过。然后，再把毛巾泡在水里，待毛巾热了，拧去水，在父亲的脚心擦洗按摩一会。这只脚擦洗后，我用被子包住这只脚，继续同样的方法，擦洗另外一只脚。此时，我再一次明白，能亲手喂给父亲一勺汤水，亲手给父亲洗一次双脚，是做儿女的幸运。

上午的阳光斜斜地穿过病房的玻璃窗,均匀地洒在父亲的病床上,也照在父亲的腿上。父亲微闭着眼睛,脸上痛苦的表情消散了。

我从旅行包里拿出了剪刀。我握着锋利的剪刀,"咔嚓""咔嚓",果断地剪除开叉的发梢,毫不犹豫。随着"咔嚓""咔嚓"的声响,头发跟着五零二落的声音,在我的眼前支离破碎地往下掉。从半空中掉向阳光反射的明晃晃的地面上,头也不回地往下掉,断了线的雨丝一样。我看见地面有水光点滴。细碎的头发像雨丝,洋洋洒洒地落在灰白相间的地板上。我觉得心中的不快随着发梢的脱落而纷纷脱落。

我并不满足这些,我用食指和中指夹住发梢,举在眼前,仔细地检查着,像侦查员侦查犯罪现场的蛛丝马迹一样。只要有一根开叉的发梢,我就坚定不移地遵守着"宁可错剪一千,也不放过一根"的原则,握着剪刀,"咔嚓""咔嚓"地去剪掉。断断续续,直到下午两点,我把所有的发梢排查一遍,看不见开叉的,心里觉得已将不祥之物赶尽杀绝。看着镜子里自己不规则的发型,我有些心满意足,这才把剪刀装进了包里。

我用胳膊攀着父亲床边的护栏,把头放在胳膊上,整个面孔被隐藏。我的眼睛看着地板,表情一片茫然。

我知道,我的表情在被隐藏时,才是真实的。

哥哥,老公,还有妹妹,医师都知道父亲的病不轻,只瞒着父亲一人。这样的疾病,让人谈之色变,扼腕叹息。我知道这意味着什么。

什么时间能顺利出院？这是我现在一直在想的问题。我也知道，我的表情不只有茫然。在父亲面前，我的表情更多的是希望，否则，父亲不会接受手术。我在父亲的手掌里长大，岂能完全瞒过父亲的眼睛？

灰白相间的大理石地板，泛着直白的光亮，清凉而理性。"咳咳，咳咳……"父亲在咳嗽，手术后，父亲总是咳嗽，而且有痰。父亲闭着眼睛，两颊深深地陷下去，形成两个明显的圆窝。父亲瘦得十分厉害。此时，父亲正用全身的力气在咳出气管里的痰。

我懂得父亲咳痰的痛与难。因为我亲身体验过。

几年前，我做剖腹产手术后，第一次发现吐出一口痰时的艰难与困苦。平时，我一直以为咳嗽是张口闭口的事。可是，肚子上有了刀口后，我感觉到原来张口闭口的事也动用着肚子上全部的神经。为此，我流过泪。不咳，憋得气管难受。咳出，震得伤口尖痛。

父亲痛得用手护着伤口，脸上的皱纹扭了几次，痛得眼角溢出泪水。我拿着早已准备好的一次性纸杯，等待着。待父亲吐出，用纸巾擦了父亲的嘴角，再把纸巾放进纸杯里，盖住吐出的痰，扔进垃圾桶。

一滴，一滴，吊瓶里的药水源源不断地流进父亲的胳膊，沿着血管，分赴全身，与疾病战争，仿佛清澈的泉水，叮咚、叮咚，吹着水泡，拐了几个弯，解救着干渴的庄稼地。我盯着那些或透明或乳白或黄绿色的药水，把他们想象成能征善战的将军，百战百胜的军人，百发百中的枪手……我期盼它们能战胜父亲体内的疾病。

父亲睡着了。我坐在沙发上，那是一种用红木与皮革组合而成的座椅。我把座椅放在父亲的病床边，大约在父亲的腿脚边旁。我的手里握起一支笔。天蓝色的笔帽使我的眼里有了一丝亮光。这是天空的颜色，沉静，辽阔，博大，浩瀚，可以寄托最迫切的希望和情感。在父亲病了后，我更加发觉自己的无能。也许，在生命的面前，每个人都是无能为力的，也都是平等的，只有上帝和医生是万能的。"可是，总要做点什么，感动上帝，让上帝平衡一切吧。"

透过窗户，我望着天空的云朵，像望见生离死别后的爷爷奶奶一样，激动，忧伤，责怪自己。"请把疾病带走，请把疾病带走……"我又祈祷上苍。

一直以来，我都是用一支钢笔，一张白纸，抒发着所思所恨，寄托着所爱所想。多少年过去了，当初的泪水都变成了如今的笑谈，而我热爱的依旧停留在字里行间。我仿佛看到我写的祈祷，化成小星星，一闪一闪，在蓝蓝的天空上，对着已经化作神灵的祖宗，行礼作揖，然后，泪光闪闪地诉说，死皮赖脸地祈求祖宗的神力相助。"请云朵把疾病带走，请云朵把疾病带走……"我在蓝格纸上，反反复复地写这样的句子。

晚上还是由细心的哥哥照看着爸爸。我和老公回到宾馆。我趴在老公的胸膛里，头安放在他的肩上，脸贴在他的脖颈上，久久不动。

手机响了。"妈妈，你什么时间回家呢？"女儿在家里问。自从父亲查出癌症后，我就把孩子交给妹妹照看。

"再有七八天吧。再有七八天,你外爷会平安出院,妈妈就和爸爸、舅舅都回来了。"我希望父亲可以早点出院。

"妈妈,我很想你。"女儿说完,电话那边响起了妹妹的声音:"我刚才给根儿洗头发着。她在镜子里看到我给她擦头发的样子像你,一下子跑开了。跑到电话旁就拨你的电话。"妹妹笑着说,"孩子想妈妈了"。

我明白:今天听到父亲手术很成功,妹妹的心情好了,也有了笑声。可能才记起几天没给孩子洗头洗澡了。我心里突然很柔软地跳了起来。在面对疾病与疼痛时,亲情显得那么珍贵。我随手抓过老公的胳膊,不断地在胳膊上亲吻,好像亲吻着自己的孩子,嘴里念着"我的宝贝,我的宝贝,妈妈更想你。再有七八天,我们就回来了!"

"一定是上苍悲怜我的心,一定!"我反复感叹。我的父亲遇到了一个医术精湛的大夫,妙手回春在父亲的身上得到了实现。我的父亲创造了奇迹,战胜了病魔,得以生还。

每每回忆起来这些,我都泪湿眼眶。我感谢上苍,感谢上苍对我的怜悯。如果父亲因此而去,我一定会后悔终生。我后悔,后悔为了工作,对亲人的事情总是一推再推,没有时间去照顾亲人。按时上下班,恪尽职守,是我人生的轨迹。如今想来,这轨迹成了我后悔不已的基码。我后悔以前自己兢兢业业。那样做,有意义吗?有什么意义呢?公司需要我这样的认真吗?如果需要,柳春红多年不上班,但是,职称从初级晋升到高级,工资待遇升到副处,一路顺风,却从来没有任何人提出异议。

我曾经鄙视柳春红这样的蛀虫作风，如今，突然羡慕不已。倘若自己当初也像柳春红那样，只领工资，不做工作，自己再做另外一件事，或者做生意，或者写作，总之，好像都比辛辛苦苦在公司忙活，有意义得多。

公司里那些琐碎的小事，消耗了自己的青春和热情，更颠覆了自己曾经树立的人生观、世界观和价值观。自己曾经的付出的一切，还有正直、忠心，现在看来，没有一点价值。我为自己的这种想法而心生悲怜。无限的悲怜。这种悲怜，为自己生，也为看见和自己一样的人（还那么多），而更加悲怜不已。我觉得自己像一个和尚，看见罪过，口念"阿弥陀佛"那样，一边感念我佛慈悲，一边伤感无可奈何。

近来，我积极参与应酬。特别是有宋老总在场的应酬，我涂着口红，披着离子烫的直发，延续长发及腰、青春再现的盗版。无论谁说了什么，我都抿着嘴，微微地笑着，不断用手拨撩厚厚的刘海，完全是一副清纯高雅的模样。我虽然在办公室工作，以前从不陪领导应酬。我心眼不多，酒量全无，对烟味过敏。应酬的场合，在我的眼里，就是烟酒场合。在这个场合里，领导喜欢的，我全部做不来。

每次应酬回家，我都立马走进卫生间，把自己从头到脚冲洗一遍，然后把沾满烟味酒味的衣服丢进洗衣机，倒上洗衣液，看着衣服在洗衣机内被一次次冲洗，看着洗衣机排出来的脏水排进下水道，我心里才渐渐舒畅。我明白了自己，我翻开了书，专业类的，文学类的，哲学类的，历史类的，我不知道我在这些数不清的书里能找到什么？

侯倩倩

我走进白描画的办公室，她办公室里堆着很多文件资料，我与她拉了几句话，看到办公桌上的公用笺上写着一则报道公司推行项目实施的报道，看来是要投给党报党刊的草稿。我再一次读着她挂在白色墙壁上的一幅字，好像是个比较有名的书画家写的："长恨人心不如水，等闲平地起波澜"，旁边配着岩石、细草构成的国画。我不知道，她是想说恨呢，还是想说水呢？当然，我没有问，我与她说着流行的服饰，皮草，皮包时，我的手机响了，是一个朋友叫我陪他喝茶呢，我走出她的办公室，溜出了公司的大门。

当白描画在公司里写那些报告、通知、总结、简报、汇报时，我与一些老总谈股市、谈马云、谈音乐、谈电影，我们很少谈金钱与权力，干吗要谈呢？这两样在我们手里紧紧握着，有必要再谈吗？当白描画下班回家后围着锅台转时，我喝着红酒，或者清酒，商量着如何分配标段、项目、资金，以及如何分配净利润。我就不明白那白描画为什么要把自己限制在那个狭小的空间里，做那些没有一点价值的活，是不是她脑子有问题。

　　坐在装潢古朴的茶苑，望着远处沙丘上的顽强的草木，我再一次庆幸，庆幸自己选择单身是一项多么正确的抉择。我没有遵从世俗的规定，什么男大当婚，女大当嫁，倘若自己嫁人结婚，老公也许像柳春红的老公，也许像白描画的老公，或者像张卡夫这样的男人，这些都是我不能接受的。我不要过那种一边挣钱养活自己，一边给一个不能永远爱自己的男人生孩子，带孩子，并且兼职做他的厨师、洗碗工、清洁工。最让我庆幸的是，我从来不像那些有夫之妇，守着手机，等待老公给她发一条情意绵绵的短信，她们不知道，大多数男人是一种奇怪的动物，他们只对我这般变幻莫测的女人感兴趣，他们宁愿一夜不睡觉，给我发着深情款款的话语，等着我的一句话，或者一个表情符，也不愿意给死心塌地爱着他的老婆说一句高温度的话。我的悟性是高的，我在我的前男友的身上悟到了男人的自私，钢铁般的自私。我的前男友是一位很帅气的男人。我与他是大学同学。那时，他很像一道阳光，让我注目，让我迷恋。我情不自禁地给他递小纸条，先是问问高数题，后来变成了心里话，再后来就是甜蜜蜜的爱情话。情迷意乱，我的学习成绩一般般，毕业论文答辩结束后，我与他相约踏上了未来的路。

　　那个傍晚，我俩在酒店的小餐厅吃饭，还要了红酒。一杯，有人在我耳边说话。不停地说着，是诺言，还是誓言？或者都不是，是一阵风儿吹过我的耳边。好似，暖暖的春风，好似酥酥的夜风。酸涩的酒水，渐渐没有了酸涩。喉间的感觉，肋间的麻木，换成了风，最后去向不明。只有我，还在那个让我哭泣了无数次的高楼之中。

如果能有一杯水,那该多好。我想,我需要喝水。可是,没有水。我喝下的还是酒。我没有想到醉。醉已经包围了我。我把脸扬起来,不想让眼里的醉像水一样落下来。只要一个小小的休憩,只要一个短暂的闭目养神,我就还是原来的我。

我想把眼睛睁开,把脸侧过去,透过宽大的玻璃窗,看窗外的景色。

窗外的明月肯定还在啊。窗外的街道,不会是清冷的,是凉爽的。有着烟火扑闪的夜市。白色的座椅,白色的凉棚,在枝叶从不仿冒的国槐之下。槐花在含苞未放的情节之上。我应该在白白的槐花之下,喝一杯纯净水或者矿泉水。不应该是红色的液体。街道上一定会流动着无数的出租车。我要站起来,招一招手,让那些亮着两束大灯的车辆,把自己心底的酸涩连同那些说不出口的狠词,运送到远方,把自己运送到有真爱的地方。

场景好似迷糊。模糊不清。幕布一直都在。我没有到达远方。幕布已经落下。黑暗布置了整个剧场。剧情没开始,剧场已经惨淡断肠。剧场的门窗被打开,黑色像海水一样倾门而进。黑色倾窗而下,房子是帆船。黑色是冰水,帆船被沉降,我被淹没。然后,一切恢复。门外的灯光变得耀眼。我抬起手掌,遮挡着突然看到的光束。刺目的光束。我宁愿站在这样的光束下,也不要一次黑色的剧情。我记不起肝肠寸断到底是怎样的几个字,能让我失魂落魄,跪落在地。

双膝一软,跪落在地。地板那样冰冷,那样生硬,搁置的膝盖隐隐发痛。如果有一双手,能扶我起来,快速离开黑暗,我该怎样感激不尽。站不起来，我在夜的暗色里心殇。一个人的心殇。生死之间的心殇。我自己站起来，颤抖的手，放在衣服的前面，又放在衣服的后面。最后，自然下垂。他淡淡地笑着，给我倒上红酒。我还是喝了。不快乐，不痛恨，不焦虑。我是别人，是另外一个。黑色还在。我从黑色中升起，冉冉升起，像一朵云，不落雨的云。

那年明月还在。

我和前男友睡在同一张床上。他抱着我亲吻，眼里有怜爱，更多的是胜利的微笑。我听他说过无数的爱，清醒时的爱，糊涂时的爱。说得那么情深意长，说得那么情真意切。我相信了他，跟着他登上了南下的火车。那时，明月还在。灯光照进窗口。他给我讲他的爱情故事以及他在痴迷中写的情书。我听着，津津有味的样子，不时发问。像提问的记者，更像在问询小说里的情节或者悬疑剧情的答案。

他讲故事的时间不长。我听完后，脑海一片模糊。我不知道他爱的那位女子是谁。故事女主人公没有姓名、没有身高、没有血型。我不清楚她的脸型，年龄，气质，职业，也没有弄清楚他们之间相约、相爱、相聚的动态或情态。只有一点他讲清楚了，他是酒后行事。趁着酒气，带有试探，带有投机性。他不是真心爱啊。真心的爱，一定要自己清醒。他没有回味他们曾经的爱情。是回味太多次，已经失去了滋味，还是原本就是不值得回味的爱情？

他已经睡着了。听着他打鼾的声音。我透过薄薄的窗帘，望着苍穹之上的弯月，难以入睡。

月光沉寂。月轮周边的云层沉寂。神秘的寂寥，旷天的寂寞。小小的星辰在远处，像夜间小村的灯火。闪着，还是不闪？我无法确定。脑海从沉迷中突然清醒。身边的他，睡相清晰。属于他的隐隐约约的故事，渐渐清晰。是一片空洞的文章。文章的主题不清不楚，论据残缺不全。这些是次要的。主要的是他说过的爱，是为了渡自己到彼岸的船。不是真心的爱。

他曾经的爱，他现在的爱，都是他的帆船。不是为了回头是岸。他的岸，永远在山脉的前方。我突然感到胸间火一般燃烧，唇齿之间，焦火四溢。水，水，水！我推开被子，跳下床，赤着脚，快速走进洗手间。一把拧开水龙头，张开嘴，把冰凉的自来水灌进胸膛。胸膛凉透。火被消灭。我背倚着洗手间白瓷砖砌成的墙壁，站着，站着，犹如在风雪中驻守边疆的士兵。许久，我弯曲手臂，抚摸自己冰凉的胸膛，觉得自己是被万箭穿心的士兵。兵器哪里去了？是长枪还是短剑？是飞镖还是大刀？我紧贴着墙壁站着。白瓷砖墙壁冰冷而光滑。我突然想，我是不战而降的士兵，疆土被我丢失。我是马谡，刚愎自负，被曹军断了水路，失去了街亭。或者，我被竖起的白旗迷惑了双眼，进入敌军的羸渭阵，进退维谷。前面是大军堵截，后面是敌军追击。我站在中间，被箭穿伤。来自敌我双方的箭，穿胸而过。

我想，哭吧，尽情地哭吧。把三生的眼泪一次流干。我想，喊吧，像英雄仰天长啸地喊吧。能喊出一地冷光，一把冷兵器。我渴望，用冷色的刀剑划破这个人的胸膛，用冷色的刀剑颠覆这个人的心房。碎尸万段，竟然是爱与恨的极端归宿。

我终归没做什么，没有哭，也没有喊。我沿着白色的瓷砖，整个身体滑落下去。坐在冰冷的地板上，像阵亡的士兵一样，表情僵硬。一夜月色已经消失。黎明是黑色的。黑色的海洋变成了黑色的沙漠。在时光的催促下，黑色被一粒一粒地召唤而去。沿着窗帘的缝隙，一粒，两粒，三粒……数啊数，数到九百九十九，想起了九百九十九朵玫瑰的唱词。我心底突然酸涩，酒醉的感觉瞬间真实而清晰。我睡在他的身边。感觉到他肉体的温暖。不断打颤的我，很想靠上去，把自己温暖。但是，我仅仅想了一下。

我与他睡在同一张床上。他心里没有我。我封冻了自己。心血流离失所。但是，他和我却睡在同一张床上。这是世间最悲凉的生活，能有几人不重复这样的夜晚？我不要这样的生活，一生太长，我要过有价值的人生。

青春期的我，读了一本禁书，若不是禁书，我肯定不读，那时是叛逆期，正是对一切好奇的时刻，不让看的，偏要看，让做的，偏不做。与他分手后，我认识了不同阶层的人，还有几个手握实权的人，生活得比较滋润，工作也随着认识的人变换着不同的工种。我不恨那本小说，是它成就了我今日的生活。当然，不恨，并不代表是喜欢。我无论如何都不会喜欢小说了，偶尔看见前男友开辆小QQ车，拿着屈指可数的工资，过着上班、加班、下班如此死水一潭的日子，我对他的鄙视从心底噌噌地往外冒，用手压也压不住。虽说宋亚斌身边又有了一个年轻的女人，但是他常给我打电话，说几句暧昧的话，我也呵呵地敷衍着他。这是我融入小资阶层的步伐的伴奏曲。现在，各式各样的老总陪着我吃饭、娱乐，我的人脉资源无限增长，我的事业发展也是前途正好。

白描画

柳春红在一个阴冷的下午出现在我的办公室。她的旁边跟着韩副经理。韩副经理一直以铁面无私而闻名于公司各个山头的诸侯。

我进入公司办公室时,韩副经理以及部分科长,都是我的领导。这些领导都有占山为王的工作作风。那时的我像山谷里一个巡山的小钻风,唱着歌"大王叫我来巡山呐",勤快地行走在山的低处,从不偷懒,也不抱怨。

那个阴冷的下午,没有阳光。韩副经理昔日的威风凛凛,在没有光照的下午,在一袭黑衣的柳春红面前,土崩瓦解。他以保驾护航的姿态,站在柳春红的身边,对我霸气十足地布置工作,"给柳总把合同打印出来,把章子也盖好"。命令的成分高达百分之九十。

我走进打字室,插上韩副经理递过来的U盘,打开合同一看,内容条款既不规范,也不完整。但是涉及的金额却高达千万元。一般签订的合同金额大都不超过百万元,而且都经过了公开招投标程序。眼下这个柳总的合同，不但涉及金额大，而且程序违法违纪。我有些犹豫。韩副经理看在眼里。他不怒自威地说"都是各级协调好的合同。别磨蹭，赶紧的！"

我按照韩副经理的意思，只做了规范文本修改，就点击了"打印"。一分钟过去了，打印机没有反应。我再点击"打印"，打印机还是没有反应。"打印机有点问题。"我对韩副经理说。"那就尽快修。"韩副经理说完，看了一下柳总。恰好楼下有喊韩副经理的声音。韩副经理对柳总点了一下头，对我说了一句"快点弄"，就下楼去了。

打印机迟迟不见动静。柳总的脸上渐渐泛起了愠色。她走到办公室桌边，用尖尖的鞋头，踢了一下桌下的一堆书籍。

这堆书是一个华奖获得者的小说集。他的一个亲戚与宋老总关系好，给宋老总推荐了这本书。宋老总买了五百本，说，干部人人一本，好好学习。书籍如数送到，就是读书的职员鲜有少见。只有我们几个职员倒是抽空看看。我觉得作者名不虚传，确实写得深刻。

此时，看到这个柳总竟然用脚踢书，一丝不快掠上我的心头。我一边忙，一边说"这些书，写得好！"

"知道。就是那个阿秦，我在市委大院见过他。与我的朋友拉话说，怎样怎样包装礼品，真是酸气极了！"我转头看了柳总一眼，说，"有些人，想要酸气，可惜不会"。

柳总马上用凌厉的眼神剜了我一眼"谁想要酸！谁想要酸！"

我没有回答柳总的反问。我对着电脑屏幕皱了一下眉头，站起来，离开木椅，眼睛看着打印机，修理了一会，新换了碳粉，打出了柳春红的合同,并按照韩副经理的安排,装订、签章,然后递给了柳春红。

我没有听到"谢谢"二字,而是听到了衣着高贵的柳总带着怒气的谩骂"一群太监,啥也弄不好"。说完,她轻松地走了。好像这句话一直沉重地压着她的精神世界。现在,一吐为快,心里轻松无比。

我诧异之余,反问"谁是太监?"楼道上传来柳春红的袅袅余音"不是说你"。

我转过头问坐在办公室另一边编作业设计的小曹"这个牛气冲天的女人,骂谁呢?谁都是她说的一群太监?"

"就是咱们公司这些人。当然,也许是给她服务过的人。"

"咱们辛苦,她赚钱。她还怨恨不已。这是什么世道?"

"大姐,你咋这么木头啊。人家做的不是项目工程,是关系啊!"

"关系咋了?"

"你认为呢?你要是有那些关系,你还会在这个公司受这些年的辛苦罪吗!"

"看不出,小曹平时不言不语,原来知道的不少。"

"一般般。唉,人家一单生意,赚几辆奥迪X5。"

"我好像没见过这个柳总。"

"什么柳总,是咱们下属公司一个职员,前两年来,人家只坐在韩副经理的办公室。由韩副经理安排我办理这些手续。今年,韩副经理亲自出马,直接到办公室一线。特殊啊!金钱的魅力,至高无上啊!"

"怪不得她说咱们是一群太监。原来,咱们不是为人民服务的,而是为她赚人民币而服务的。"

"没办法,人家有关系。咱没有。咱要是有人家那点关系,也和她一样,也是趾高气扬,财大气粗。"

"也许吧。"我迷糊地应承着,觉得"太监"二字比较清晰。

太监是一个特殊的名词。是先有男人的性别,却被阉割了男性的器官,而后失去了男子性别的一个特殊群体。他们的特殊之处还有一项,那就是他们服务的对象是皇帝或者整个皇宫。皇帝是人间权力最高的掌握者,太监是这个最高权力的衍生品。也许可以这样说,没有皇帝,就没有太监。太监生来就是为皇帝服务的,为皇帝而生,为皇帝而死。现代人口语里的太监,大多指没有血性没有尊严的男人。

我一直认为,公司是为国家为人民而建立而运作,如今看来,这个曾遭受阴暗魔杖击打过的女人,一语道破玄机,公司不过是一群没有尊严的人的聚合地。也许与皇家一号的那些动物没有什么本质区别。

我有些悲哀。为公司,为老总,为员工,为自己悲哀不已。一直以为我自己是许多人羡慕的白领阶层。不料只不过是一群太监的手下或者左右的伪太监而已。甚至连被谩骂被蔑视被侮辱的太监资格也不配拥有。

柳春红凭什么可以轻巧地称呼公司的精英为太监,因为太监的衣食住行全由皇帝提供或者决定。

我进一步地分析:我自己没有让她提供过任何物质或者精神的东西。我拿的只不过是每月工资卡上的数字。我不在太监行列里。

金钱是一叠妖魔的法术。拥有这样的魔术的人，可以操控眼前的一切。柳春红只是其中的一个。我正在冥想。技术部的小顾溜进办公室，"你俩，猜，我今天早上吃早点时，碰见了谁？"

"碰见了鬼。"小曹揶揄道。

"不是。比鬼还鬼。我碰见咱公司宋老总跟那个柳春红一起吃早餐。他俩坐在一起，像一对情侣一样恩爱，一样自然。"

"也许不止是情侣。"小曹笑了笑。

"难道是夫妻？"

"不是，也许是太监服侍皇上的关系。"小顾挤着眼睛。

"呃，有创意。"

"是人家柳总说的，说咱们都是一群太监。应该包括老总。"我左右转动着脑袋，活动僵直的颈椎。"咱们公司的老总，也不过是这个地区其中一个比较大的太监罢了。一个太监伺候皇帝更衣、洗漱，陪皇帝用早膳，吃晚宴，是太监的本分。"

小曹的眼睛看着窗外："宋总在上海买楼房，海南买别墅，还有他儿女都开着几百万的豪车。那些一定来自于皇帝的赏赐以及恩典，否则，凭着他那几个工资，他能把日子过得如此奢侈，如此奢华？"

时间在闲谈中流失。如曾经的理想一样，溜走，悄无声息。下班时间到了，我关闭办公室门时，办公桌上的电话响了。项目科张卡夫科长打电话给我"韩副经理请你吃饭，在高老庄酒店503"，说完，对方挂了电话。

我心里一惊。韩副经理从来不请下属吃饭，什么事以他的名义请客？我细细回想，只有今天完善了一下柳总的合同，并按照他的安排，盖了章子。看来这个事确实很重要。

到了503，我看到柳春红果然在座，她坐在宋老总和韩副经理的中间。

喝酒时，穿着迷人的柳总偶尔拍一下宋老总的手背，或者摸一下韩副经理的头发。在我的眼里，两个权倾公司的男子，尤其是宋老总，许多职工看他的眼光里全是崇拜与敬畏。此时，他们像两只宠物，被柳总随意地施点恩威，就格外开心。

柳总每每端起酒杯送到宋老总的嘴边时，宋老总都是来者不拒，眯着眼睛，咂着舌头，慢慢品尝，颇具无穷的意味。然后大口地吃菜，大声地说笑，颇有"谈笑间，樯橹灰飞烟灭"的气概。

酒宴进入尾声，韩副经理掏出手机，亲自给皇家酒店打电话。"钱总，给我订一间客房，要你们皇家酒店最好的。"

"柳总，韩副经理给你订的是全城最好的酒店。"技术科翟科长补充。

"谢谢。"柳春红又摸了一下韩副经理的手背。

"韩副经理的眼睛又圆又大，哈哈，柳总喜欢吗？"

翟科长笑得须眉生动，颇有女人花枝乱颤的风韵。"我喜欢柳总的风情万种，很迷人啊！"

"我看你魂不守舍了吧。"韩副经理填充。

柳春红很大气地拽了一下翟科长的耳朵，"你来市区就打招呼，我好好招待招待你"。

项目科长张卡夫与财务科长贾娴淑相互对视一下，笑得乐不可支。贾娴淑低声对我说："柳总没有老公。"

张卡夫低声说："听说是个寡妇。"

此时，高级工程师周文文端起酒杯"我敬柳总一杯，你是我眼里的女中豪杰"。说罢，豪气冲天地喝完了一大杯啤酒。

"我敬柳总一杯，你是巾帼英雄。"韩副经理醉意朦胧地说。

"我敬柳总一杯，你是我的梦中情人。"翟科长学舌般地说。

柳春红用很市区的普通话说："我的生意很多，还需要在座的大家关照和帮助。"

我分明听到柳春红说的是"寡人的江山，还需要众位爱卿，齐心协力"。

我恍然明白，自己今天已经站在了太监行列。我想，自己是站起身，表现出愤然不已，然后拂袖离去，还是表现出受宠若惊的样子？我不会选择，抬眼看着一桌人，项目科、技术科、计划科，还有公司的各位高管。这些公司的精英，此刻都有鞠躬尽瘁的敬业状态。他们都面带微笑，满面红光。我稳稳地坐在木椅上，心里暗暗责怪自己修养不够，连个当太监的城府也没有，只配做个巡山的小钻风，不能够与山头各位大王平分秋色。还需要进一步修炼啊。

韩文理

职场是太上老君的炼丹炉,没有金玉护身,就不要往里面楞挤。我在此炉中历练多年,也难成赫赫金身,只不过心性已经深沉,语气逐渐平稳,此时,我并没有用鄙视的语气,我只是说"宋老总这个人……"我停顿了一下,这种停顿,不是劳累的停歇,也不是传统文化三思而后行的忧郁与沉思。

我的办公室站着许多人,我看见我的停顿有了很奇妙的效果。我身边的人好像都被吊在半空中,不摇不动。被吊的人着急了,要求上去或者下来。因此,他们都鸦雀无声,全神贯注地等待我的下文内容,等待自己被解救。

"就是有点贪财,有点好色……"我淡淡地说完,好像说天气预报一样。大家松了一口气。被我解救的人都回到了地面,踩在坚实的地板上。我想,这预报与我们看云识天气还是有所差别的。

我说得不错。我在办公楼里看见各种女人在宋老总的办公室门前闪烁。有的年老色衰,有的年少轻薄,有的穿着奢侈,有的浓妆艳抹。但是，她们唯一相同的是眼里闪着光，颜色一样的光，犹如磷光一样的焰火，在燃烧。

至于她们前来的具体目的是什么，我也清楚。侯倩倩问我，是不是宋老总的情人，我并不认同。宋老总是什么人，他曾以聪明绝顶称著于世，所以，他再低档，也不至于找下的情人竟然来他的办公室堵他吧。我说，哪门子情人，胡扯的尽尽的。这些女人与来的那些男人，没有什么区别。都是宋老总走向腐败的轨道的链条及环节。这些女人与许多男人一同，组建了宋老总腐败的完整链条。这链条从这个城市的某一点发散，以宋老总办公室、家门以及市区各个酒店为点，构成无数个线段与网点。这个城市的雾霾日渐浓厚，听说与这些看不清摸不着的链条有某种呼应或者前因后果的联系。

白描画

如今,听韩文理以如此鄙视的口吻说宋老总,我觉得同事侯倩倩可真是火眼金睛。她早就看穿了那些女人的表象。

韩文理是公司的副经理,他一米七八的身高,身材修长、五官端正,犹如北方的白杨树,也就是玉树临风中的树一棵。他调来总公司已经七八年了,我们从未听说过他有什么绯闻。

他的面孔常常带着微微的笑容。在多年后,我回忆起他微笑的面孔,才知道有一种笑,叫面带微笑,而心中不笑,形容这种笑容的词语我就不说了吧。

我从未看见有什么女人来他的办公室与他眉来眼去。他常给我们这些做员工的讲他的工作经历,比如,给张三村打了八口井,解决了几百口人的生活饮水问题;曾在李四村说了三天四夜,平息了赵田两家近百年的邻里纠纷;曾在石油大镇工作了十来年,书记、镇长捞油水捞得可以让儿孙后代几代人不愁吃穿,两个领导的后代不仅是富二代,而是坚实地奠定了富四代、富五代的基础。只有他这个副职,恪尽职守,两袖清风,一滴油水都未沾。

同事侯倩倩给我讲过韩副经理的好。比如,她晋升技术职称是韩副经理慧眼识珠为她争取的;她的省级优秀奖励是韩副经理力排众议推荐的;她由办公室岗位调整到统计科是韩副经理人尽其才的施政选择;还有她经常外出各个省区学习的机会是韩副经理择优录取的结果。她说的应该是正确的。记得那年她从河北承德避暑山庄学习回来时,正是炎炎夏日。

我不知道她学习的成果如何,但是,她与公司办公室刘主任唇枪舌剑时,她是杀气腾腾的,唇舌之功夫,技高一筹,远远领先于刘主任。这场战事源于上级一个部门突击检查,刘主任是一个负责的人。他认为我和他一下子做不出半年落下的工作,担心应付不了考核组,给公司全年考核拉后腿。在焦头烂额之际,听见办公室科员侯倩倩已经学习回来,因此,他一边坐在电脑前写材料,一边打电话让刚刚从避暑山庄学习归来的侯倩倩同我们一道加班加点。

侯倩倩来到办公室,冷言冷语道"这些事,本来是你这个主任的事"。

刘主任一听,随口说:"你名曰是办公室职员,平时一个材料不写,都是我这个主任在忙。若不是紧要关头,谁看下叫你加班。"他接着强调说"食君之禄,分君之忧,这是一个人起码的职业道德"。

侯倩倩说,"什么道德不道德的,别说这些没用的"。说着把盖在额头的刘海用手指拨拉一下,然后把披肩的头发一甩,说,

"我就是不想干这些碎碎的破事"。然后,昂着头,扭着腰,走了出去,"咣当"地一声,用力摔住了门。我看见刘主任心里的火气"腾"地冒起来,他"腾"地一下站起来,拉开办公室门,对门外的侯倩倩说:"有本事就亮出你的本事来,做出几件像样的工作,来证明你的本事,配得上你的脾气。"侯倩倩反驳道:"你以为你写几个材料就是有本事?呸,我还看不上你写的!"

"就你那水平,小学生作文的水平,还招摇个不停。不是因为着急,我压根儿不会叫你工作。"

"我为什么要做工作?做工作对我有什么好处?再说了,你凭什么管我?谁赋予你管我的权力了?有证吗?有法律依据吗?还有,我领的是公司的钱,又不是你家的钱,你管那么宽,至于吗?你该不是嫉妒我了吧!"

刘主任说:"那请你调离这个受苦受累的办公室,不吃凉粉腾板凳。"

"你是以为你是谁?是皇帝,手里握着我的生杀大权,呸。再说,我愿意去哪个部门,是我的事,你说了,算吗?"两个人一言一句地吵,吵完,侯倩倩不但没加班,反而开着车,逛街去了。

刘主任捂着气得胃痛的肚子,连加两个节假日的班。刘主任至今没敢在分管领导韩副经理跟前诉说一句。听说韩副经理经常给刘主任说,管不住下属,就是不合格的上司。

那时,我给他帮忙打字,他请我吃饭。他喝点酒后对我说了一句话:"侯倩倩的气场与韩副经理一样,是水涨船高的。"

据说,韩副经理是现任宋老总的昔日同窗,关系好得就差同床共枕了。宋老总曾多次在我们这些职员的面前夸赞韩副经理的种种优点。如果韩副经理在场,他就一边喜笑颜开地看着宋老总,一边轻轻地点头,很是怡然自得。在听到宋老总宣布由他分管工人住宅楼项目时,立即表现出一副受宠若惊的表情。

今天,韩副经理这样鄙视宋老总,我先是有点吃惊,随即释然。因为宋老总近来过着过街老鼠的日子。

我在侯倩倩的微信圈里看到,公司里许多工人在上街游行,并高举着横幅。

工人们因为公司住宅楼质量与迟迟不交工的问题,扛着长长的横幅,在这个城市的大街小巷游行示威,颇有五四青年上街游行的遗风。不同的是五四青年是为国为民众,而这些工人是为了自己的切身利益。工人们喊着口号,要求惩治贪官赃官,要求还给他们血汗钱。好像他们亲眼看见宋老总拿走了他们的血汗钱一样。城市里的人纷纷议论宋老总的不义之举,好像宋老总的罪证已经确凿无疑。

宋亚斌

我就这样成了众矢之的。我气得病卧在床，借酒消愁。在不眠之夜，我对天上的月亮说，"你评评理，月亮姐姐。你说他们怎么就这么不知好歹呢？上一任领导，把他们一千来万的血汗钱，送给那些不知名的人，他们哼都不敢哼一声。我，为这个住宅楼，上上下下，跑了多少回，求了多少人情，争取了多少投资，他们不记这些，反倒倒打一耙。唉，真是猪八戒倒打一耙啊。蠢猪啊！"

这群蠢猪，我没有想到啊，他们竟然和我玩真的，等我有机会，一个一个地收拾你们。我绝对是不让人的人。想当年，白描画不按照规则行事，我拦住了她的去路。我给所有的投票人做了指示，明确侯倩倩是候选人，只给侯倩倩投票。白描画心里不平，要怪，也只能怪她，她以为不经过我，她就可以晋升。我是干什么吃的，我是一夫当关万夫莫开的把关人，这个公司的关口就是我在把守。看不明白这一点，就是不合格的职场人，不配晋升到领导阶层。如果这个公司的人员不经过我的点头，就能晋升，那就是我的失职，是我做一把手的失败。白描画一定以为她每天都给各个"投票人"印制文件，查找资料，报送表格，她的辛苦工作会换来大家的支持，她不知道我是干什么的，更不知人性的卑劣之处。其实，在我的眼里，白描画的辛苦是应该的，是正常的，她这个角色就是刀尖上的舞蹈，怎样做到美，怎样做到不伤了自己，这其中的要素是微妙的，是多元的。可惜她自己不知道这个角色的不易之处。她若不按照政策文件的规定办理，她就是失职、渎职，会被问责；她若按照政策文件的条条框框办理，她就会得罪许多人。前几天，一个保险公司的姑娘到她的办公室签合同，她就以少算了一个人为由，不给签，人家姑娘说，少了的那个人是因为不够18周岁，白描画拿出计算机一算，说，够了，那姑娘坚持说，别的公司都是这么做的，多一个少一个人，无所谓，白描画说，怎么可能，一个人，就是一个人，怎么能平白无故地不算人呢？姑娘坚持要少，白描画坚持不少，那姑娘就进到我办公室，哭得梨花带雨，让我心生怜惜，我叫来了白描画，说，少一个就少一个，白描画直刚刚地说，是一个人，怎么能少？我的血压升高了，我的声音也升高了。这个笨女人，从来就不会泪眼汪汪地说一下她的理由，像一段木头。我当然不会对一段木头柔声细语了。我恶狠狠地说，少就少了！签了！白描画看着我，签了字。那姑娘对我是千恩万谢的样子，自然，对描画是心生芥蒂。看着白描画不灵活的样子，我不止一次地想过，要是侯倩倩在这个岗位上，会是怎样的样子，我随即明白，她一定八面玲珑，把所有的人情都领完，我这个老总只能为她打扫

"垃圾"。当好一个老总的学问太多了,像白描画这类人,压根不懂得这些学问,她们只是棋盘上的一个小卒子,翻不了天,我是常盯着跳在我身边的"卧槽马""当头炮"以及直面我的"车"。现在我是"河东城困住了赵王太祖",等我班师回朝,一定要清理那个"卧槽马""当头炮"……

我在寂静的夜晚胡思乱想着,夜风从敞开的窗户吹进来,掀着薄薄的窗纱,微微地动。又高又远的下弦月,孤单地挂在天空,不喜不悲,没有任何表情。我自言自语道:"以为举个横幅,就能解决所有的事情。哼,那全国人民都举横幅算了,立什么法,设什么机构部门,干什么?要是不讲证据,就能法办官员,那不是痴人说梦嘛!本人既然能坐在老总的位置上,就已经说明本人下过的功夫,绝对不是一般般。什么叫功夫,就是一般人达不到的水平。我让月亮代表我的心,对你们这些不知好歹的人,表示最冰冷的鄙视。"

白描画

互相鄙视在我们公司像疾病一样传染。

这种鄙视,不久,就传染给了我。

我的高中同学冯小兵是个帅气的男孩。他在高中时就对我们班的班花李潇潇萌发了小小的爱情。他以为他当兵四年后,有了一份稳定的职业,就可以高头大马地娶李潇潇为妻,然后他俩过着幸福至白头的日子。

当他凯旋归来时,李潇潇拒不见他,在他的多次传情达意后,李潇潇泪流满面地告诉他"下辈子,我一定会嫁给你"。冯小兵千万次追问原因,李潇潇无以答复。反复年月,冯小兵百思不得其解,以酒消愁式地流连于酒店舞厅。无意中,看到李潇潇与一个高个男子出入酒店。第二天晚上,他找到了李潇潇。李潇潇没有隐瞒,简单说了遭遇的一切。他痛心不已,无奈放弃了那段感情,另娶一个外地女子为妻,过着绝大多数人拥有的那种普通的日子。

这天,冯小兵来到了我的办公室。当他看见韩文理时,他愣住了,睁着眼睛一动不动。几分钟过去了,我推了他一把,他才缓过神来,问我:"前面走过的那个人叫什么?"

"韩文理。"

"他怎么在这?"

"他怎么就不能在这。他是我们的副经理。"

"啥时间调来的?"

"七年前。"

"妈了个巴子的,老子想剁了他!"

我愣住了,看着他的眼睛。他保持原来的神态。我走过去,吸了一下鼻子,没有酒精味。

"神经搭错了?"

"你知道个屁。这个孙子抢走了我一生的幸福。"

"啥话,你现在不幸福?"

"现在的幸福不是我理想中的幸福。"

然后,他垂头丧气地坐在我的旁边,把他当年的爱情小插曲,从头给我传述了一遍。虽然乱七八糟,但事实基本清楚。

"李潇潇现在不也挺好的嘛,有吃有穿的。"

"你知道个屁,他这个流氓,酒后强占了李潇潇,既不给她名分,也不给她钱花,反倒让她在他的私人公司里打工,剥削她的血汗钱,简直是糟蹋人!衣冠禽兽一个!"

"一直听说她单身未嫁,原来是因为这个。"

"可惜咱们还是同学,你也不为咱同学出口气!"

"没听说过具体原因,哪里会想到是这样的事。再说,所有领导中,我们韩副经理一直口碑极好。我还是不相信。"

"那就亲眼看看吧。"

星期天,冯小兵带我来到了韩文理的私人公司,果然看见了李潇潇。她憔悴的脸上,没有见到我们的喜悦,也没有对人生的忧伤。

当我问她怎么在这个公司打工,她淡淡地说,"已经有十年了。你是不知道的"。

转身时,看见韩文理。他正在往董事长办公室走。看见了我以后,他微微一怔,随即恢复了平时的安然,"好,好好工作"。我说"领导教导的是,向领导学习"。

说完,我拉上冯小兵就走。我知道我的眼窝里盛满了鄙视。对韩文理的鄙视。

这种鄙视的成分我不敢长久保留。在星期一走进办公楼时,我把它消除干净。毕竟,韩文理是我们公司里唯一一个没有任何关于作风传言的领导。他不苟言笑的气质,慢条斯理的风格,还有他出身于官宦家庭的优越,构成了他根正苗壮的典型代表。谁说韩文理的不是,那就是谁的不是,而不是他的不是。这个定律在韩文理所到之处,皆为人知。

我这样想过来以后,觉得自己曾有的对韩文理的那一点鄙视,是极大的错误。是自己一己私见不能实现的极端表现。我无端地厌恶自己。

我的内心生出了细细的烦躁,它们缠绕着我的心。我坐立不安,也无法静心工作。我走出办公室,站在楼道上,听见有人在财务办公室里谈笑风生。我走了过去。

"韩副经理可真有意思，自己给自己挣着工钱。"财务科长贾娴淑说。

"这次他领了多少？"

"我看一下，这次领了五万。"

"上次他领了多少？"

"上次领了四万。"

我听不清他们在说什么"韩副经理领什么了"。

"工钱。"

"工资？还是工钱？"

"就是咱们公司工人住宅楼分管的工钱。"

"咱们公司的住宅楼不是还挂着上级部门的投资嘛，这也算是职责内的工作。怎么会另外给挣钱呢？"

"韩副经理是分管领导。宋老总又不拿事。当然是他说了算。他说他为咱们工人的事，操碎了心。"

"那我们每天消耗着青春，为了公司工作，我们是不是也应该在工资之外，再挣一些工钱呢？"

"你想的美。你说的算数吗？你是领导吗？你能把自己的工资全拿上，就已经该谢天谢地啦。"侯倩倩讥笑着说。

"听说韩副经理家里的豪宅，仅地板就花了七十万。知道人家是怎样装的吗？"

"抹水泥，铺瓷砖，还能怎样？"

"他家的地板铺的是大理石，墙面贴的是大理石。不是伪大理石，是真正的大理石。"

"那也花不了那么多吧？"

"人家是把一块大理石，打碎，然后再以极其不规则的形状，贴在墙上，铺在地上。仅工钱就是一个不得了的数字！"

"那是艺术的奇迹组合。羡慕啊，还是有钱才能有档次。"

"装的那么高档，可是，韩文理那个伪人，他配得上那艺术的房间吗！他懂一点艺术吗？他有那样的品位吗？那样艺术的房间，被他使用，那就是一种对艺术的糟蹋。是典型的暴殄天物。"张卡夫义愤填膺地说。

"什么艺术不艺术的，什么暴殄天物。那是小事。最大的问题是他为什么那么有钱？他的钱是怎么来的，这才是最大的问题。"贾娴淑说。

"肯定不是他合法所得。肯定是违法乱纪得来的，哈哈。"侯倩倩笑了。

我想到黑条幅上贴着醒目的白字时，一种破碎的感觉在我的眼前恍惚，犹如锦缎在我的面前被撕裂成条，夹有密密麻麻的虱子滚落而下。

我回忆侯倩倩微信圈里的视频，工人与还有那些我不认识的面孔一起高呼"还我血汗钱"的声音高亢而激昂，具有利器划过金属的厮杀声响，不带一丝绝望的色彩。隔着几重朋友圈，隔着炎热的夏天，仍然穿透我的耳膜：

"几千万元的血汗钱，花得不明不白，我们要求公开账务。"

"就是，这几千万可不是你们申请的什么上级拨款，而是我们一分一厘攒下来的。"

"你们不用自己的钱贿赂别人，却用我们的血汗钱四处领人情，什么作风！"

……

"你们代表工人来协商,是一件很辛苦的事,给你们每人五万元的辛苦费。我们慢慢商议,从长计议,把这件好事,办好。"韩副经理眼里鬼影幢幢。

账务纠结不清就此销声匿迹,无果而终。

韩副经理慢慢穿行在回家的路上。他行走的步伐与掠过的风沙一样。时而清,时而浊。风沙掠过他的衣衫,他潇洒散开的西服被撑起,如帆船,带他在波浪里一帆风顺。彼岸有花,花是谁纠缠在他衣领上的手指?

遥远的秋月有光芒,洒在落叶铺就的林间小路上。我在这样的路上,遇见了韩文理。他醉了,喷着酒气的嘴,一张一合:"我,知道我为什么恨宋老总?""嫉妒",我回答。"不是,他凭借他的卑鄙,抢走了我的未婚妻。你知道吗,我年轻时深爱的人,却一直睡在他家的床上。你说,我能不恨他吗?"

刘　亮

同事侯倩倩粉面含春地对我说"你不是要亲自调整我的岗位工作嘛，怎么调整得不见音信了呢！我等着坐凉板凳呢，怎么不见动静呢？哼！也不掂量一下，看看你是谁？明天我就调到统计科任职了，呵呵。"

我在这种挑衅中，保持了沉默。

隔天，我坐在人事部主任的办公室，用鄙视的口气，"依靠卖弄妖气，与一个老记者，同居了三年，换取了调进城市的通行证，这与皇家一号的女人有什么区别？"

"哦，不会吧。平时看见她一副清纯美丽的模样。"人事部主任不想扯进是是非非中，故意岔开话题。

"你不知道，咱韩总，与那老记者是远亲关系。"我要一吐为快，"要不，她能进了咱们公司。每天看见她装纯卖萌的样子，我就想吐。她以为用长长的刘海，盖住半边脸，就能遮小了她磨扇般的大脸？她敢把那张磨扇脸，全部露出来吗？她以为植了两道眉毛，就是美女？她以为换上一口白牙，就吐气如兰了？她敢素颜见人吗？倘若她真的美，那老记者怎么会另娶一个名叫丹丹的女子呢？"

宋老总很少来公司办公。韩副经理的办公室就暂时代替了宋老总的办公室。许多人都聚集在他的办公室，听他的最高指示。

我加班加点应付了各路神仙的考核工作后，痛苦思索了三天三夜，重新起草了"办公室工作制度及人员分工"，目的是熄灭同事侯倩倩的嚣张气焰。

这个时候的宋老总看见还有人来他家里请示工作，心头温暖极了，有着枯树逢春的喜悦。他看了一下我递过来的"关于办公室工作制度及人员分工的通知"文件，自然是同意我的意见，并在文件右上角签上了"同意"二字。

按照惯例，只要法人签字，公文就可以印发了，就可以执行了。但是，我在回公司办公室的时候，看着弯弯曲曲的小路，突然灵机一动，多了一个心眼。

我虽然平时粗枝大叶，对许多发生的事情不多想想。但是，这次，我受到了挑衅，严重的挑衅。我要进一步确定挑衅的根底来源于哪里。

于是，我把宋老总已经签发的文稿压在抽屉里，把自己起草的"关于办公室工作制度及人员分工的通知"，重新打印了一份，以请示分管领导的惯例，走进韩副经理的办公室，做了庄重的请示。

韩副经理浏览一下，看出了这文件分明是针对侯倩倩的而制定的，马上机智地回答"这是人事问题，我只是分管，还需要请示宋总"。

几天过去了,我有意无意地在韩副经理的办公室出出进进,等待他的答复。可是,韩副经理避而不答。我忍无可忍,在一个周五的下午,看着一脸正气的韩副经理,微笑着问"那个办公室分工及制度,宋老总看了?"

面对我的追问,韩文理面容平静地吐出了五个字:"宋总不同意。"这几个字犹如万箭难穿的盾牌,让我的重振河山的计划出师未捷,只能泪洒衣襟。

我面不改色地走回自己的办公室,坐在办公桌前,拉开抽屉,拿出宋老总签署"同意"的底稿,看了又看,不易觉察的讥笑浮现在嘴角两边。

此后,我在韩副经理面前依然笑容和谐,只是在看韩文理的背影的视线里,一层鄙视掺杂其中。

白描画

　　一个空闲的上午。公司大楼静悄悄，一些人出差，一些人请假，一些人旷工。我在散乱的文件和材料中，低头草拟那些永远也写不完的材料。风儿拂过小城的声音，在字里行间响起。我开始留意这种声音。铜钱落地的叮当声，权力蔓延开来的交易声息。

　　楼外天气晴朗。不落雨，也没有飞沙走石。我离开办公室，站在十层的办公楼上向远处望。天空那么远，小城盖着灰茫茫的被子。草木没了灵气，人没了人情味。小城的心脏是灰色的。

　　每逢秋天，公司有大批项目在招标。吸引着装奢华、言行不容置疑的投标人。他们做一个项目赚下的人民币，比我这些公职人员一辈子的工资总和还要多。他们不仅靠资质投标，更靠技术之外的参数中标。他们除了对公司里寥寥可数的几位具有实权的人员表示尊重之外，其余的一概表示轻蔑。

　　我回到办公室，眼前闪着一些老板的面目，他们张扬着各式各样的面目,走进我的办公室,办理一些手续。我明白,这些手续不是为人民服务的,是为了那些老板服务的。我还明白,这些老板早已经把自己放置在人民的对面。我痛恨自己心里的这些明白。

我从他(我)们眼里看到风。我看到一股股邪风从他(我)们的眼睛刮出,刮过栽满红叶桃树的街道,刮过长城南街的十字路口。冰冷的风。我害怕这种来自眼睛的冷风。这种冷风急速钻进我的肺里,撕扯、挖掘、啃食我的肺腑。我想是不是现在的现实颠覆了过去的理论与认识。

我看到公司的意见箱旁挂着两条意见,醒目且清楚。一个老板给公司提出了意见:一是白描画脸上的笑容不灿烂,给他们金子般的心灵带来了忧伤。二是不会喝酒的人咋能放在办公室?不能喝酒,就是不能协调。不能协调的人,就是不合格的,不合格的就应该辞退。

宋老总在开民主生活会的时候,当着广大员工的面,用这个老板的意见,批评了我。

我想起自己每天忙着写,忙着做,寡言少语,竟然不如一个陪着喝酒的。我听见肺腑里的风声,与街上的沙粒混为一体。有为虎作伥的嫌疑。我觉得心与心之间,一场火与一地冰,在激烈对撞。两种相互毁灭的物质。

宋老总转变了语气:"咱们公司的个别职工,对前来办事的人,服务态度冷淡,人家坐过的地方,用消毒液处理。这是怎么回事!这是自觉脱离群众嘛。群众路线是怎样走的?!"

我想不起那个老板的模样,但是,记得有一个一身烟酒味的男子，在我办公室打印投标资质等资料。他坐在我的办公椅子上。我看着他涂着指甲油的手指，嗅着他身上散发的香水味、烟酒味以及莫名其妙的气味，忍不住地嫌恶起来。等那男老板走出办公室后，我用84K消毒液泡过毛巾，然后拧干毛巾，细细擦拭办公室的打印机、键盘和鼠标。我要消除男老板手指留在我办公室里的痕迹。

我心想，怎么了？一个开豪车戴名表的老板，就能代表了群众？那也太不切合实际了吧，也太粉饰太平了吧。

用了一次消毒液，怎么就被宋老总知道了。看来这老板更喜欢在宋老总面前"进谏如流"。就因为与自己关系近的人的一句话，就开了大会，这么隆重地批评底下的人，也不嫌辛苦。也不思量一下自己人格到底高在哪儿了？好像他自己是焦裕禄、孔繁森，心里只有国家和人民。一个工薪阶层官员，坐豪车，住豪宅，也不想想，钱从哪儿来的？难道是他自己继承了大额遗产？

一个资产来路不明的人，还义正词严地指责一个用了消毒液的职工，是"脱离群众路线"。好像他为这个地方的发展做出了多大的贡献，好像他拿自己的家业为广大群众脱贫致富奔小康了，好像他为人民的事业鞠躬尽瘁了。台上一套，背后一套，这样的人，却位高权重。上千的人，被这样的人领导着，结果可想而知。

我恨恨地想着，嘴里一句话也没有说。

我感觉自己在办公室忙碌，像盲人行走在沙漠里一样，找不到水，濒临死亡的时刻，被树根绊倒。无人伸出援助的手。我摇摇晃晃地自己站起来，继续行走。

这些时而清晰、时而断续的片段,像一场风沙,侵蚀着我的沉默,将我推入压抑的深渊。我与失眠狭路相逢,互相折磨,我坐在床头,望着漆黑的夜色从地面上一粒一粒地起飞,像鸟儿一样迁徙向茫茫太空。我的心里一会儿明,一会儿暗。在明明暗暗中,两种声音在耳边回响。这是两年前的事情。

"你怎么霸住办公室十几年,不动弹!"公司销售科长斜着眼睛,看着我。

"人和人是有区别的。有的人捂不热一个凳子,就换了岗位;有的人,就是我这样,拧在一个岗位上,不动!"我盯着他的眼睛,说话。

"白姐,你看,我是和你开个玩笑。"我看着他没有一点笑容的胖脸,轻轻说"那是,你看你笑容满面,肯定是开玩笑的"。

销售科长的脸上并没有换上笑容,"再说,你这样,咱这近千号人的公司的员工,真的,都有这样的集体看法"。

"公司几次提拔任命,我也争取过,你也知道,铩羽而归的是我。一个岗位,只有我原地不动。霸占,从何谈起?"我平静地看着他,心中的感慨随着血液涌向全身。

"你不动,顶住一些人了!人家还要谋个前程呢!"销售科长的脸上不但没有笑容,反而加上了一丝严肃的表情。

一瞬间,我有置身庭审现场的幻觉。眼前的科长是威严的宣判法官。

我心中的感慨蒸腾一空,只剩下飞不起来的惭愧,掩不住地从心里往外流落,像流落街头的孩子。

"怎么动弹？"我低下头，脸上微红，冷冷的汗水，从前心后背冒出。

"学习一下侯倩倩，她是跳了三个部门的，而且还不断晋升。你再不想法子，下次人家可能就是你的主管！"销售科长斩钉截铁地指引。

侯倩倩是公司的统计科长，因为又黑又胖，被同事简称"黑胖"。我不喜欢给人起外号这种事，但是，自从侯倩倩岗位晋升后，无端的笑声越来越响亮，得意的神态越来越露骨。我嫉妒连同轻蔑的心态一时无法排遣。我看着侯倩倩的背影以及肥胖的屁股，连同别人一起，恨恨地叫她"猪坐墩"。

一条大道在我的眼前延伸。道上走着侯倩倩，她头上的发夹从红的换成绿的，脸蛋上的斑点消失了，黧黑的肤色变成了粉红色。身上的衣服越显高档，五大三粗的腰身上系着一条细细的蝴蝶结飘带，猪坐墩一般的臀部颤巍巍，颤巍巍。

那天，年终表彰会议后，公司举办了一个小会餐。有公司的高层精英，有中层栋梁销售科长，还有支部书记等等。我刚进门，看到宋老总先到了，出于礼貌，走过去说"宋总好，来得早啊！"

"吃饭不积极，思想有问题。小白，你来得迟，心里有问题。"

"我哪里会有问题"，正说着，侯倩倩来了。她穿着一件粉色的风衣，站在宋老总面前。宋老总与她拉起了路上堵不堵车的问题，话语投机，神态默契。

三三两两的同事来了，吃饭时，宋亚斌当着许多人的面说"听说杨贵妃漂亮得很，你说这白主任怎么一点也没有杨贵妃的模样呢，怎么这么瘦呢"。

我被宋老总这样敲打，面不红，心不跳，一边看着宋宋亚斌，一边心想，看来宋老总除了知道西施，还知道杨贵妃，不简单啊。不过，他应该不知道古代的四大美人是各有千秋，各有容貌上的缺憾。譬如，西施瘦弱耳朵小，杨玉环丰腴有口臭，貂蝉脖子有伤痕，王昭君脚大用裙遮。我亲眼看到他不懂小乔与西施的区别。他以为古代的美女只有两个，除了杨贵妃，就是西施。那个秋天，公司职工外出学习，路过湖北，宋老总看到小乔的塑像，激动万分，对侯倩倩喊，"给我和西施合个影，美女，哈"。

我说："这是小乔。"

"哦，小乔就小乔吧。"宋老总看了一眼我，转头喊"侯倩倩，给我和西施照个相"。

侯倩倩的脸上抹得明晃晃，她喜气洋洋地一边按动快门，一边说"再靠近一点西施，好，好"。

我叹息一下，叹息声轻得不及一枚落叶的声息。

侯倩倩这时开心地笑了，面盆似的大油脸更加油光满面，她接着宋老总的意思说，"杨贵妃的福气就是一身鲜肉带来的。女人不胖，脸色难看，没有人喜欢"。

宋老总点头微笑，用肯定的眼光，看着侯倩倩。我听着这样的话，心里自然不愉快。一边悄悄吃饭，一边想起一位高级工程师曾经说过的话："宋老总没什么学识修养，情趣低级，每次喝酒时，身边必须坐一个浓妆艳抹的女人才能尽兴。"话语有刻意的成分。"再低级，也不至于低级到一头猪的情趣吧！"我用玩笑式的句子反驳。"难说，难说，说不定他真会喜欢一只胖猪呢。"高级工程师不假思索地回答"你慢慢就会知道的，呵呵。"

"喝酒，喝酒"，侯倩倩打断了我的回忆。我稍稍抿了一口，侯倩倩看着我的酒杯说，"白主任不好好喝酒，态度不好"。

我看了一眼侯倩倩的酒杯说，"你也没好好喝，酒杯还是满的"。宋老总说，"她今天不能喝，还有工作要做。一会儿我们先走。要是喝酒了，她会东倒西晃的，还要我扶"。

我心想，你们快点走吧。直到宋老总和侯倩倩走了以后，我的心情也好起来。餐后，我踩着碎步回到了公司。

"你进这个公司多少年了？"支部书记醉醺醺地问我。

"在校时，我比你高三级。毕业后，你我进了同一个公司。"

"你比我早进了三年。现在还在办公室。你可真有耐心。"

"我没有耐心，还能怎样？"

"我连这个书记也不想当了，想换个岗位。"

"好，你们有能力，提拔重用是应该的。"

"什么能力不能力的？你不懂公司用人的套数，一看背景，二看金钱，三看……"书记不说了，看着门外。

"三看什么？"

"三看颜色。"书记诡秘地笑了。

"又不是画画，要颜色？"

"你年年忙乎这一摊子碎碎的碎事，就不嫌窝囊？"支部书记眼里飘洒出的无数轻视，飘浮在我的办公室上空。

我望着他走出的背影，不知道如何驱使半屋子的轻视。我再次轻视自己，支部书记这个职务，一直是办公室主任兼任，这是我在公司档案里看到，自公司成立以来，这个规矩是没变的，只有到了我这里，这个规矩变了，虽然我在报纸杂志发了许多关于党建的报道，虽然我一手整理的党建资料连续三年获得全县考核优秀，虽然我做了许多史无前例的工作，但是，我就是得不到宋亚斌的认可。

销售科长让我学习侯倩倩，支部书记说我窝囊。新调来的侯倩倩晋升一级，工作了几年的我还是原地不动。明摆着，在他们眼里，"胜者王侯败者寇"，职场定律啊！我瞬间陷入尴尬，有了一种被人拔掉衣服的羞耻感觉。披上华贵的衣服，描上浓重的眼影，就是美人。这个时代，就是这样定位美好，唉，我叹息。

几年前的对话，隔着时间巨大的轮轴，我仍能感受到脸上的灼热，仿佛置身炙烤的沙漠里。

我的童年不在沙漠里。

童年有绿绿的玉米，童年的我，用玉米缨子编织两条细细的长辫，用紫色的头绳绑在自己的头发上。在白净的小路上，左右甩着玉米缨子辫子。薄薄的小河里，映着我微微波动的影子。空气清新，小河两边的岩石，层层叠叠，像一本本小说，整齐地码在山谷。岩层之上，野菊花开得正灿然。草丛下传来昆虫的叫声。蜻蜓展着透明的翅膀，在小河边飞来飞去。寂静的小村庄，沉默的小角落。与权势很远，与尘嚣很远。不用写"采菊东篱下，悠然见南山"的诗句。自然美景是最优美的诗经。

我的工作地点在沙漠边缘。

我上班时走过长长的街道。街道两边鲜有赏心悦目的景物。走进公司的大门,院子里看不到一棵树,也没有一株花。我的视线落在墙角一会儿。墙角下,有一层细细的沙土。沙土里,钻出一簇簇小草。绿绿的,一个劲儿生长的样子。这样子,让我的心刹那间温柔地跳动了几下。

在我为小草感动的时候。公司大门走进了项目科科长张卡夫。

我看到张科长旁边紧跟着一个中年男子。那男子一边与科长说话,一边递给张科长一个小卡。像递给张科长一支烟一样自然。张科长推辞,小卡掉了下去,落在地面上,两人同时都一怔。场面有些尴尬。

我看到了"5000元"的这个数字理直气壮地躺在卡上。

中年男子弯腰捡起卡,重新递给科长。张科长笑了一下,没有推辞,伸手接过来,装进了衣兜。

这位中年男子多次到我的办公室里办理盖章手续。都是关于项目方面的。当然,手续都是公司领导及项目科长签过字的。有立项书,有施工合同,有验收合格证明,有资金兑现表……

公司每年有几个亿的项目。每个项目的标价大约在三百万元左右。一百多位老板围着公司的核心人物转。

当然,有时候不超过百人。虽然中标公司名称不同,但是,有时,一个人可以拿着十几个资质来投标。也就是说,一个人可以做公司几千万元的项目。

我终于想起人们叫他"高老板"。像高老板这样来公司做项目的老板有近百人。大多数情况下,老板是不直接露面的。只由底下的小角色跑腿办事。

我与他们不熟悉。他们也只是在我这里走个过场罢了。内容与我无关。所以,在他们眼里,我不验收不作假,不签字,不承担责任,自然也就没有表示"感谢"的必要了。

追求利润是商人永不叛变的原则。既然给予,必然是为了更多的得到。给了五千,必然是为了得到五万以上的利润。

高老板也看见站在院子里的我。他自然地朝我点一点头,跟着项目科长进了办公楼。

我心想,这段时间正是项目验收阶段。许多老板出现在负责验收的人员面前,自然少不了"表示感谢"。对于我这个不负责立项,不负责验收,不负责拨付资金,也不负责签字的人,老板们自然不用"表示感谢"。

盯着他们走进办公楼的身影,我愣愣地站在院子里。"5000元",我回想刚才看到的数字,觉得自己眼睛闪着惊奇的光芒。一股冷风从大门洞里窜进来,仿佛有备而来,刹那间侵占了我的心。我心头一冷,刹那间觉得全身冰冷。我神情漠然地站进电梯房,按下了"9"。公司越来越有原则,近年来,宋老总与负责签字的科长都在三楼工作,不用进电梯房。像我这样一些无关紧要的人员,办公室被安排在公司的顶层。今天此时,我上到九楼,突然就有了被发配边远地区的感觉。

我走进办公室,看见办公室的窗户狭小,窗帘肮脏,办公桌陈旧不堪,连饮水机上的纯净水也不干不净,有侵害健康肌体的嫌疑。正在响起来的电话铃声那么恶声恶气,像宋老总对我说话的语气。我皱着眉头，心想：又是什么破差事来了？我接起电话，机械地用语"你好"。

"你好"，对方学着我的语调"怎么有气无力的，霜打了？"

"你才霜打了。"我听出是同学田蜜的声音，就任性地回了过去。田蜜现在任一个单位的副职。原来的她，文采出众，清纯可人。

"谁惹你了？"

"没有谁。是我自己看不开。"我把自己刚才看到的告诉了田蜜。

"正常。这些都正常，一直存在着。你只不过今天才看见罢了。"

"可是我心里很难过。"

"五千元就让你不平衡了。我还好好地告诉你，人家一个实权派的科长，一年不止五千元的外快。你们公司近一百个标。哪个标的老板敢不表示表示。五千乘以一百，哦，除过个别背景牛气的，还是五千乘以八十，你自己算去。算下了这个数才是你们项目科长的收益数字。"

"我，我不想工作下去了。"我气呼呼地说。

"不要这样小家子气了，好不好！"那边传来了恨铁不成钢的语调。"项目科长不但有以上收益，还要有他自己的项目。你们宋老总敢不给项目科表示一下肯定。"

"凭啥啊？"

"你们宋老总那些手脚哪一个能离开你们项目科的帮助。没有项目科的帮助、运作，你们宋老总凭什么伸手拿人家的百分之十？"

"什么，什么百分？"

"愚蠢，愚昧，项目中标价的百分之十。"

"你啊，为什么要告诉我这些！让我的心，哇凉哇凉的！"

"你这个人，就是这样，傻不拉几的。不给你点拨一下，你就不知道自己周围是些什么人。怪不得你不进步！"

我听着电话那边的数落，看到高老板拿着表格进了办公室。我对着话筒说"一会我给你回过去。我这边来人了"。

看着高老板递过来的表格，我说："不错啊，今年三百多万元。"

"也一般。磕头拜地的，也就这样了。"高老板神色自然大方，好像没有被我看到他给项目科长送卡的事，"柳老板今年一次性将要兑现一千多万。"

"哦，那么多。"

"要说多，也多；要说不多，也不多。"

"高老板不但是个商人，更是个哲人。说这些富有哲理的话。"

"哟，又不是柳老板一个人得。狼一份，狗一份，到她手里，也就几百万了。"

"呵呵，几百来万，也不少啊。"

"那是。对于你们一般人来说，是个天文数字。"

"就是，就是。"

"但是，对于你们公司的一些人来说，也是个一般数字。"

"可能，可能。"

"白主任，多年了，你咋不动呢？你赶紧升吧，让我请你签个字吧。"

我笑了一下,听出了高老板的弦外之音"我不领你的情,也不给你送什么卡,你的位低了些,权小了些"。

高老板说完,走出了办公室。

我拨通了田蜜的电话"什么事,老同学?"

"也没事。听说许多人承包了你们公司的土地,我想,是否也承包一块吧。"

"是有这些事的。"

"听说转卖一下,利润不是个小数字。"

"可是,我不知道咋弄着。"

"你这个愣头,一不贪,二不捞,一点原始积累都没有,怪不得升不了。我还是找找你们宋老总吧,晚上见。"田蜜一边笑着,一边挂了电话。

听着话筒里"嘟嘟"的声音,我忽然觉得那是悲情的声音。

悲怜的情绪从心中生出,在我的眼前氤氲。在这种朦胧的氛围中,我像佛家看自己的前生一样悲怜地回顾自己以前工作的认真态度。"多么迂腐",我第一次用这个词,形容自己。

我清晰地记得,自己鼻窦手术后,只是休息了七天,就站在风沙弥漫的旷野上了。公司有一个项目在旷野实施。刚做完手术的我被派往野外工作。那时的我,年轻,热情,从来不懂得上司安排的工作是可以拒绝的。我站在冰冷的风中,从早晨太阳还未升起的时候,忙到太阳落山的黄昏。一天,晕倒在回家的路上。老公送我去医院打了一夜吊针。第二天,我还是站在野外继续工作。那时的我,以为工作就是学习,只要认真地付出,时光就不会辜负我的付出。一年又一年，我忙着写，忙着抄，忙着记录，忙着整理。

夜幕降临在这座小城里，相似的灵魂徘徊在虚拟的空间。我坐在夜色里。夜色苍茫，只有广场的灯光在照耀，淡淡的光芒在苍茫中直直地走向远处。远处似虚幻的景象虚幻地存在着。无声的风，从我的脸上吹过，几根头发在我的眉上缠缠绕绕。

我翻开手机，看到老公发来的一条短信息："这个月，工作忙，月底回家。"寥寥数语，这是老公给我的信息，也是发给我的福利。每月一次。

能够对着短信，感慨万千，那已经是去年的我。此时的我，心情平静地回忆隔着许多年的往事。大学时期，他和我每天偷偷地递着短短的纸条。写不完的甜言蜜语。那时候以为，甜蜜的生活就是写在纸上的句子。此时，握着手机，我能感觉到那冰冷的句子，从老公冰冷的心底发出。当年挥洒灵感的炙热，一点踪迹不见。如今，我们一直维持着特意的恩爱。至少表面是这样。

情人节那天，我把老公的衣服从座位上挂到衣架上时，他的手机掉出来了。我看到老公发给女教师沈红波的短信：你是天底下最美的女人，富态的腰身，世界上最好的母亲……嗯，这是一个男人对一个女人的赞美，发自肺腑的。我调出了通话记录，看到了缠绵悱恻。春夜，寒冷，我站在十字路口，风拉扯着我的头发。来自西伯利亚的风扭转了红绿灯。我盯着不断变换颜色的圆形灯，眼前一阵恍惚。红灯停，绿灯行的规则被风从脑海里掳走。我站在风中，举步维艰。

我走进超市，在水果架上，仔细挑选了三串颗粒饱满的葡萄，装进塑料袋，拿到打价台上打了价格，然后用拉箱拉到收银台，付款，提回家，放出水龙头里的水，冲洗几次，盛在果篮里。坐在空旷的客厅里，用指甲剥离葡萄皮，看汁液横流的果肉呈现在自己的眼前，想象老公解开沈红波的衣裙，那丰满的肉体让他心花怒放的神态。

在那个灯火阑珊的夜晚，在那个热闹非凡的场合，我看到了他发给一个女人的短信，深情款款，情意绵绵。黯然神伤就在那一瞬间一闪而过。我觉得一锅油在心里沸腾。伤就伤吧，到底能伤到什么程度？

我泛起了恨意，我定位了老公的手机，敲开了沈红波的门，给了她一巴掌。老公看到了我，眼中的一片云变成了一团火，跟着那团火的是一只带着风声的拳头。他一拳打来，我像片落叶一样飘摇，然后落地。我倒在地上。沈红波的舌头起风了，没有温度的风，狼烟一般，钻进我的耳朵。老公的脚，马蹄踏过河山一样踢在我的身上。然后像提一张羊皮一样把我扔出了门外。我趴在满是泥土的地上，像被剥了皮的羊一样，四肢无力地趴着。我哭不出声音，也哭不出眼泪，我恍然明白，我的肉体已失，只剩一张皮，在人间的地上，趴着。

我给奶奶诉说，我指着身上的伤痕。奶奶凑近我的伤痕，细细看了好一会儿，抹着眼泪说，嫁出去的女子，泼出去的水，然后用她粗糙的手掌颤颤巍巍地反复摩挲着我的伤痕，说，头一碗饭好吃，女儿夫妻一碗油，寡妇夫妻活隔牛，好男娶九妻……

好像她的手掌是灵丹妙药，多抹一会儿，伤痕就立马愈合。我说，我很痛，我要离婚，奶奶说，没痛过的女人不是女人，打一巴掌就离婚是电视剧里骗人的，嫁一个男人是过日子，不是去吃糖……这是奶奶给我的唯一的未来。奶奶说女人就应该头发长长的，脸蛋白白的，说话低声细语，走路一步一步的，不能一步三个欢子地跳，不能打雷似的笑，更不能一跳三丈高地骂人。

我彻夜哭泣，并计划离家出走。永不回头的那种出走。但是，想想年幼的孩子。我咬住了牙，哭泣了一个月。无力回天的感觉让我发疯，我拨通了"人类灵魂塑造者"的电话，使用了毕生学到的恶言秽语，把"人类灵魂塑造者"骂得从争辩中渐渐哭泣，并且一个月后彻底离开小城，名曰上研究生，其实是躲开我的唇枪舌剑。女教师走了，老公的魂跟着走了。老公在光秃秃的白于山区找了一份工作。我知道，他把自己流放在群山的包围中，不是为了我，是为了那个女教师。月亮升上了高楼，我看着楼顶上的月亮，又圆又大，像我的孤独一样。我明白，我的孤独照亮了我的眼泪。我想给老公打电话，告诉他，我想他了。我只是想了一下，转眼否定了自己的想法。我知道他不想我，一次也没有想过。他从来都没有给我打过一个电话，都是我一厢情愿地给他发短信，打电话。

一次次，一遍遍，我追问，"为什么？""为什么？"没有答案。我把自己的心痛说给好友田蜜听。田蜜安慰了我几次。当我再拨打田蜜的电话，田蜜很愉快地安慰我，说，"我把你的故事写成小说，公开发表了！改天晚上，我们一起欢庆一下"。我把自己的头，贴在墙上，狠狠地磕了一下。

下班后，走进熙熙攘攘的人群中，我想起"天下熙熙，皆为利来；天下攘攘，皆为利往"的名句。我想，这样热闹的句子，一定出自一个落寞的口吻。

从密密麻麻的人群中剥离出来，我走进繁华小区。当初买房时，我看到繁华二字，马上想到了"繁花似锦"，我喜欢这个有美好寓意的词。况且，商家信誓旦旦地说，小区沿街一边，建一个水上花园，而且这一美好的水上蓝图，赫然印在商业广告的彩页上。我那时想，择水而居，看荷花婷婷，日子就是锦上添花嘛。

此时，我看到繁华二字，却想到了繁华落尽的寂寥。就像商家的广告一样，什么水上花园，说说而已。小区的街边不但没见水上花园，反而建起了一座十层的高楼，堵得连阳光也看不见了。

也许，这才是真实的现实。

走上六楼，打开房门。这里面，曾是我与老公共筑爱巢的地方。现在，空荡荡的客厅，等着我回来，然后把一片空荡荡的感觉全部交给我。我习惯这种感觉交替。换上拖鞋，我躺在客厅的沙发上，让自己在柔软的海绵中渐渐沉沦。就在这个不大的单元房中，我与老公像一对勤劳的小燕子，飞来飞去，辛勤筑巢。那时，以为经历了波澜的爱情就会永远。一生将相依相偎，不离不弃，永不厌倦对方。

原来，有些永远就在下一刻结束。我想到老公背叛了我们的爱情。时间来得那么迅速。老公背叛得那么轻盈，那么娴熟，好像走出了家门，买了一瓶白酒，与哥们对饮一样，目的只是为了装点平凡的日子。

"为什么自己就没有感觉到呢?感觉到日子在我俩之间平凡无奇呢?"我追问:"为什么?"

我站在阳台上,在宽大的玻璃窗中,看到了自己憔悴的容颜,变异而夸张。我伸出手,抚摸玻璃窗中的自己。手指与自己咫尺天涯。冰凉而坚硬的玻璃,不动声色地拒绝我的温情回顾。

黄昏的余光穿过玻璃,落在阳台上。这些余光无法击穿阳台的空旷。这些空旷与我心里冒出的空旷,互为呼应,互结为网。将我的身影以及我的忧伤,一寸寸网扣在时光的空旷中。

"悲哀吗?"我看着玻璃中的自己,悲哀地自问。我的问句像一滴水落进一片海,没有了声息。来不及绝望,来不及悲伤,问句瞬间被流动的空气淹没得无声无息。

分居三年了。我不放开他。不是因为爱情,也不是因为责任。我心里清楚,离婚与否,爱与不爱,最后的最后,都是一样一样的。都是空虚。连绝望的感觉都不配拥有。一千来个日子。斯大林格勒保卫战可以打四个回合了。可是,两个人的战争,就这样按兵不动。互无消耗吗?还是互相都相信坐以待毙才是最好的结局?

也许都不是。我越来越清晰地看到,我自己其实是横刀立马的战士。也许因为眉间不惜死亡的神色,令敌兵心惊胆战,所以才举步不前。而我自己清楚,不是自己武艺超群,得以稳住三军,而是因为自己置生死不顾,或者说是视死如归的气概,让敌军对我望而生畏。

最好的解释是这样,因为爱过,所以慈悲。因为慈悲,所以,对方不忍心看我在阵前血流成河,所以,对方举步维艰。

是的，曾经爱过，爱得情深意浓，爱到心肝深处。所以，当那份爱从我心中剥离而出、离我而去时，我痛得肝肠寸断，白发落地。那一段时间内，我看到小区院内的花草枯死无数。我上班的路上，总是看到街道两旁的花朵莫名地凋零。环卫工人一遍遍地清扫鲜艳的花瓣。但是，鲜花凋谢的气息在大街小巷弥漫，毫无顾忌地侵蚀着我的心。我在夜里梦见自己手把花锄，浓密的长发里有翩然的花瓣，在纷落。

我开始彻夜流泪。从上一个秋天，到下一个秋天。

两年前的秋天，秋雨淋漓，我披着雨声走在这座沙漠边缘的小城中，茫无目的。走过大街，走过二街，走过三街，走到城郊，站在沙漠的身边，一脸茫然地看雨点落在沙砾间。颓废的沙漠，忧郁的雨点，不哭泣，土黄色伴着蓝色的沉默，不倾诉，一直沉默。谁悲谁喜，我分不清。华灯初上，我看到明亮的盐湖像一条干净的手绢，包裹了所有的夜色。我想，是不是应该引入一条河流，在我心里的缓缓流淌，让我有从内自外的妩媚？

我向回家的方向前行。揣着一条恍若隔世的河流，绕着城，行走在冰凉的高原上。冰冷的街头，只有霓虹灯散着温暖的光芒。秋夜的街，闪烁着五彩斑斓的招牌，烧羊蹄，烤羊头，牛大骨，神话KTV……还有小汽车沙沙行驶的身影，南来北往，在我的眼前，过来，过去。然后，留在宽阔的街道，只有我一人。我走过长城街，走过中山街。街面上的橱窗里，有衣服，有鞋帽，有蛋糕，有金银珠宝，有火树银花，有灯火阑珊。什么都有。就是没有众里寻他千百度的专一。

那个星期天,我在秋雨中走了整整一天。

午夜临近,我披着始终不离不弃的雨声,走回了家。我没有换衣服,裹着被秋雨淋透的衣服,拉开抽屉,取出一张白纸,搁在茶几上。我坐在地板上,心里念了一整天的句子,自然地落在纸上:一场秋雨,陪我走过小城的所有。我爱过的你,不及一场秋雨。不及一场秋雨!

　　不用说告别
　　这被白露哺育的长亭
　　长在类似明媚的圆眼里

　　那些并不明亮的重
　　落在叶子里
　　落在秋风里

　　风注定在夜里凉下去
　　凉下去
　　凉州不远
　　远不过告别的手

　　告别的手在夜里
　　凉下去
　　凉下去

与北冰洋上的雪片

　　逐渐相似

接着，我又写下：

　　我说过，爱你，一生一世

　　三生石上的雨，带我登上

　　寂静的顶端

　　我说过，爱你，与风无关

　　不过是把自己留给你

　　烧香，沐浴，积攒冰凉

在洗手间的镜子里，我第一次看到自己眉目生凉，多于三尺之寒。那份凉，比秋雨凉。从头凉到脚，从今生凉到了前世。我不得不自我安慰，前生，我一定欠了老公万千风情。因此，他今生追来，仅仅为了讨债而已。

应该是他从来就没有深切地爱过我。那份爱，也许他只是说说而已。而我，身心投入，把一生的幸福全部投资进去，以为可以赚到更丰厚的幸福。可是，他爱上了别人。仿佛一夜之间，江山易主。我是失去了江山的孤家寡人。来不及对车，来不及换炮，就被将死在宫中。窗外雨阑珊。我是梦里不知身是客的李后主。对，我想，我不是唱《下河东》的赵匡胤，我是"一江春水向东流"的寡人。或者是居安不思危的后蜀孟昶。最后的结局是被同一个人鸩杀。

我泪流满面,趴在床头,写着:

沉在井底的绝望
被稻香穿过

锦衣褪色
我是梦里不知身是客的李后主
我是下河东的赵匡胤,唱不出的台词
流落他乡

爱,与不爱
最后的最后
都是,一样一样
落进尘埃
……

我拿出床头柜里的结婚证,这是有法律作证的证件,赫然贴着我和老公的照片。满脸的恩爱,好像天长地久一定会属于我俩。这证件,鲜艳的红色,发烫的颜色,与老公当年情意绵绵的"我爱你"一样,让我眩晕,迷恋,迷糊,身不由己。只是,如今看来,那颜色还在,而"我爱你"的话语却成了错误的路标,让我走的路,与当初的意愿,越来越远。这是南辕北辙的另一种版本啊。

这证件，好像一把鲜红的刀，切断我与过去的感情。刀上鲜血淋漓，全是我的红。因为我拽着婚姻的手，是紧紧地。刀过血飞，我不放松的手，被生生地切割。我的痛与鲜艳的红色，有了紧密的联系。握着证件的手，只能放下，看自己渐渐变冷。这证件，好像说的是"山盟虽在，锦书难托"的悲哀，徒然让我心中生成更多悲凉。

如果当年老公不说"我爱你"，不给我回复那些缠缠绵绵的情书，我就是一厢情愿的单相思。我微微地笑了一下，单相思多好啊，眼里心里的他，都是十全十美，美玉无瑕。何必有今天这样的相互憎恨、相互指责，都把自己最恶劣的一面，拿出来，给对方展览。一览无余的彻底。要是今生都是单相思，我就不必为这段感情悲伤不已。悲伤什么呢？也许是悲伤自己把自己托付给这样一个不负责任的男子。也许更多的是悲伤自己识人不清。选择嫁给老公，是我今生选出的一项错误的答卷。做错题不要紧，要紧的是这道题比高考还重要。高考有许多题，一道题错了，不足以定平生。可是，婚姻这一道题，就是一个女人的天下。一念之间，定天下或者失天下的定数已经生成。

擦干眼泪，转过身。我看见自己的房间里布满湿湿漉漉的云层，雨淋淋的样子。我伸手拽了一下云，就有水珠"滴答"一声，落在地板上。我伸手再摸一下，手里全是水珠，仿佛在为一个女子拭泪。我心一惊，手一抖，泪珠从手心滑落，"滴答"一声，落在地板上。

夜晚，白雾笼罩着，四周一片死寂。我走在白雾中，我只看见雾色迷幻而迷离。我看不清自己身处何地,也不知道自己应该走向何方?

大雾迷茫一片,只有我的脚步声异常响亮,异常清晰,好像高跟鞋落在青石板上的声音。除此而外,是寂静,类似于十面埋伏的寂静。没有人语,没有鸟鸣。我是走进埋伏圈的唯一目标。这些,让我感到内心突然升起了异常的惶恐。

我想喊,喊"救命",喊一个人名,或者一个简短的"啊"。喊谁呢?老公,弃我而去;情人,一个没有。我张开嘴,发现自己发不出声音。声音哪里去了?我不知道自己什么时间丢失了声音。我顾不上思索声音的问题。我只是更加惶恐不安。我想,在我没有声音的时间里,死神可以降临。在静悄悄的环境里,我将被带到另一个世界里。

另一个世界怎么样?应该只有两种情况。一是比这个世界好。那自己为何还要惊悚?另外一种情况,比这个世界糟糕。我想,比这个世界糟糕的世界,大不了就像自己目前这个状况,大不了,食不咽,夜不眠,每逢想起自己的爱情,自己的事业,心在自己的胸膛里狠狠地痛,痛得恨不得摘下心,扔在马路边,让小狗吞进它的肚子里去……

想到这里,我的惶恐消失了。

我呼吸着凉飕飕的空气,轻松地向前走去。虽然前方看不到人烟,听不到鸟语,我还是前进前进,也不问走向哪里。

白描画的梦

在我所处的这个不时有风掠过的城市,我正在酒吧喝酒。

人们都说酒吧是个可以相互取暖的地方。因为酒吧有红酒、有歌声、有笑声,还有着最喧闹的舞蹈。现在的我喜欢这些,渴望靠近这些,但是,我的心却留在沙漠里,留在了没有生命、绿色或者红色的沉寂里。我坐在舒适的沙发上,感觉到的还有干旱、荒凉,更多的是沉寂里堆积的那些沧海桑田的阴影,清晰且触目惊心。喧闹像一望无际的海洋,我在沙岸。我与这些分隔着,一边是水,一边是岸,相距只是一层膜网,一层永远都不能逾越的膜网。在这样的空间里,我发现我是一只搁浅的帆船,在人们都喧闹似海浪的时候,我感到孤单和孤独,像天空中倒立着影子的云朵一样。

我与喧闹咫尺天涯。站在喧闹的岸边,酒醉以后,我会看到绝望的颜色。我从来不问自己绝望是什么颜色。

在今夜,我走向他,手里拿着针,我听到了夜的悲鸣,只是那声音太过微弱。一根冰镇的针，坚硬，冰凉，细若银针，寒光闪闪。我按下了小小的机关，冰针就没有犹豫地射进了他的心脏。他还在醉生梦死之中，什么也没有说。我不要他再说什么，那些，我不需要。

我继续坐在他身边，看他没有痛苦的样子，与我在沙漠里濒临死亡的痛楚并无相似之处。我的胸腔泛着水气，热一阵，冷一阵，并且舞动成影。然后，影子打碎在华丽的灯光下。一地狼藉。我一直在想象，想象酒后的心脏是一杯滚烫的开水，有着温暖的高度。这种温暖像江枫渔火，给我的是白霜，还有月落的感觉。一根针形的冰，钻进水杯，结果首先是冰针瞬间融化和升华，不留下任何的蛛丝马迹。水杯自然坏了，盛不住水，水像血液，或者血液像水一样流失，储满他的腹腔……然后，他将安息在我的面前，永远不会醒来。

夜半的死亡布满热浪的高温。我把死亡关在门里。门上留下我无数次的指纹，像树上的绿叶一样正常。我一遍遍地抚摸它，用冰冷的手指。然后吃惊地发现我在抚摸一扇熟悉的门。

然后，我站在窗前，等月光一片一片地落下来。看着地面模糊的月光，我好像还能记起"大漠沙如雪，燕山月似钩"的诗句。这些，都是可以省略的春花秋月。现在的我，在意的不是这些。我在意的是我要讲一个故事。我抬起头，对着浩瀚星空，郑重地说："我想讲一个故事。"其实，我更愿意时空永远停留在我的故事的前面，不再转动。

我看见沙漠的时候，总是想起海洋。这过程就像我看见海洋的时候，想把海洋比作沙漠一样。我想讲的故事发生在沙漠里。

也就是说这个故事的背景是沙漠的颜色。那是人间最绝望的颜色。绝望像一道深渊，我活着的时候，一不留神就会看见它。我想只要我死了，就掉进了深渊，睡在深渊的底部，死心塌地地睡着，什么也不用想，没有幻想、希望以及绝望。我的故事截至目前，仍然只能讲给璀璨的星光听听而已。

我醒了，梦结束了，窗帘上还是没有月光。空气中密布的细小水珠打湿了我的眼睛和脸庞。我用手拭摸了一下眼睛。手掌湿了。我从梦中醒来。手掌上的水，不是雾水，是从我眼里流出来的水。

黎明，我从梦中完全醒来，头脑清晰，睡意全无。回想过去的种种，泪如潮汐。展望未来，眼神黯淡。觉得此后的自己，将是一株绿意渐失的植物，在深秋的季节，完全枯萎，从此颓废不振。认命吧，我对自己说，草芥一样的女子，一枯一荣是多么正常的规律。

我卖了房，房款存在孩子名下的教育卡上，我把教育卡交给父亲保管。我写了辞职报告，起草了离婚协议后，我想，我不欠公司什么，我曾尽职尽责；我不欠老公什么，我曾尽爱尽情。我知道我将欠我的女儿许多。孩子考进了市立特级学校，教师是清一色师范大学毕业生，学校实行封闭式管理，我每月接一次孩子。

我含着泪，离开了县城，到了一个陌生的都市，我走进了混乱的音乐声中，我看到各式各样的人，在酒精的催化下，种种高谈阔论显得滑稽不堪。我想，醉生梦死的日子就是这样开始的。怪不得酒吧越开越多，原来颓废的人越来越多。呵呵，我们都是沦落的人。一瓶酒用很快的速度灌溉着自己的心田。我首次发现窗外的明月如雪洁白。这是冬季？可是，街道那边的槐花，纷落如雨，这是初秋啊。

我是导演

那时,沙漠南缘的明月还在。花园里洁白的荷花正在开放。纯白的空间,充盈着无限的香气。唯美的剧场。

白描画是这个剧场的主角。两只红酒杯也是主角。我是幕布,剧场的背景。

白描画看着我,我用酒撬熟练地拉开酒瓶塞。御马红酒。冲洗干净的酒杯,透明的玻璃杯,留有淡淡的水渍。纤细的腰脚支持着优美的弧线。弧线之处,鲜红的液体,兑了水的清醇。像血液。我拒绝想到血液这个词。

"到底是秋天,还是冬天?"白描画醉眼朦胧地问我。

"是今天?"我走过来,坐在她的身边,手搭在她的肩上。

她摇晃着站在门口,说要打车回家,我知道她醉了。我招手拦了一辆车,扶着她上了后座,我坐在前座。司机问到哪里,后座的女人口齿不清,我自然地说出了一个地址。我是第几次这样回答司机的问句呢?我是第几次报了我家的地址呢?我在这家酒店当顾问,我喜欢这份工作,尤其喜欢酒醉了的女人,她们脸上的红晕多么妩媚!一瓶酒,简直是生成百媚画面的高级画家。还有,酒醉了的女人,软绵绵的舌头如一只小绵羊,太可人了。看来酒还是神奇的驯化师,无论多么烈性的女人,在酒精的驯化下,都是一只小喵咪,温柔,迷人。我现在又得到了一只小喵咪。我架着这只小喵咪回家了。打开了门,不用看,我知道空荡荡的客厅里躺着两只沙发,我还知道卧室寂静的角落里只有一张床,厨房寂寞的碗筷在碗架上寂寞着。我很久没有在家吃饭了,我离婚了,我发誓这一生就离这一次婚。我再也不结婚了。我不想做人了。我想做一只狼。嗯,我是一只狼,我衔回来了一只羊。我四岁的儿子最爱看那个《喜羊羊与灰太狼》动画片,我曾抱着他软乎乎的身体,跟着他学唱主题曲:别看我只是一只羊,绿草因为我变得更香,天空因为我变得更蓝,白云因为我变得柔软⋯⋯轻快的歌声一直陪伴孤单的我。

　　此时的我,不是孤单的我,我的身边有一个女人。她歪躺在客厅的沙发上,用朦胧的醉眼打量着我的房间,这是哪里?她问,我没有回答。我直接走到洗手间用冰凉的水冲了一下我的脸,我照了一下镜子,镜子中的我,青青的唐竹一般,挺拔、潇洒,还有几分英俊、消瘦,文艺范依旧。我其实是一个导演,一个执迷于影视作品的男人,我在镜子里看到我的灵魂如烟火一般,孤独地燃烧着。镜子里翻飞着比海水还要令人眩晕的红色,正是我日夜不息的灵魂。我终将成灰,我的作品也终将成灰。火焰在继续,真金不现。我的灵魂终将成灰。我不叹息。我不再站在镜子的前面发出声声叹息。我对着镜子说,千年已逝,我只需过好今夜即可。

我进了洗澡间，蓬头的水流以线条的形式垂落下来，落在我的身上，似女人撒娇的样子，两只手打过来，不收回去，赖在怀里，缠缠绵绵。我一边看着自己洁白的皮肤，一边想，沙发上的女人是白皮肤，还是黝黑的皮肤？胸脯肥大吗？是真胸，还是硅胶？还有，她的腿部的线条优美吗？她的腰肢纤细吗？她的腹部平坦吗？会不会有赘肉？这些也可以忽略不计，最重要的是，她会不会让我一夜销魂？

我关了蓬头，穿了睡衣，来到客厅，抱起女人。女人的手很快勾住了我的颈项，好像我会把她扔出窗外似的。我把她放在床上，她口里的酒气熏着我的鼻腔。我是不是带她洗个澡？哦，但愿洗澡以后，她现出的原形不要让我望而却步。有几个女人，就是在我带她们洗澡后，被我发现了她们露出的原形，好像洗澡水是孙悟空的金箍棒，几个回合后，妖精就原形毕露，惨不忍睹，如何卿卿我我？我扶着她坐起来，她的头靠在我的胸前。"花谢花飞飞满天，红消香断有谁怜……"绵长的歌吟从她的手机里飞出来，悲凉的音符落在我的睡衣上。西洋乐器铺开了花瓣飘零的路径，二胡的弦音在这条路径的高处流动，我的情绪跟着王立平的旋律缠绕，陈力在唱，凄切的声音在云霄之间飘扬，"花开易见落难寻，阶前愁煞葬花人"，抒情的F调，4/4的中速旋律，大多是拉和西的音符，蓝色与紫色的忧伤，还有忧郁，无望的忧郁，蓝色的海洋，凋零的花海，望不到边际的忧郁。

这首歌，我是熟悉的。那年去远方上学，长途客车上，循环播放着《葬花吟》的音乐，我看了看司机，一个方脸大汉，好一会儿,我把这个喜欢《葬花吟》的人和《葬花吟》这个凄婉的曲调放不到一起去。一路上听着凄婉的音乐,感觉自己少年怀愁,并非"为赋新词"。到了学校,我反复看了看葬花吟的曲谱,看到谱曲人是王立平,一个大男人,我恍然大悟,在音乐的世界里,不分男女老少贫穷富贵,甚至不分种族国界,与神的世界相同。难怪2016年诺贝尔文学奖颁发给一个歌手:鲍勃·迪伦,他的歌曲《答案在风中飘》感动了全世界,一把吉他带他走上神的祭坛。从古至今,音乐一直存在,在民间,在庙堂,在祭祀神灵时,都存在。古代的祭天活动中,不能没有音乐,我小时候读的古诗大都出于《汉乐府》,唐玄宗与杨玉环之间,也是因为音乐,才成就了爱情的传说。

  一首歌终于唱完了,我悄悄拿起她的手机,一看,是整点提醒铃声。哦,我原以为是她定的来电铃声,正思考该怎样送她离开。我站起身,我发现靠在我胸前的女人在落泪,她的眼泪落在我的胸膛上。我想,由她哭吧,一些女人醉了以后,嬉笑不止,一些女人醉了就像她这样,泪落如雨。一般是哭一会儿就好了,然后,我再带她洗澡……她的眼泪一直在流,好像她的眼睛后面连着一只水壶,不对,是一条小溪。我抚摸着她的脑袋,轻声说,别哭,乖,宝贝,她含糊地应了一声,舌头舔着我的胸膛,不是,舔着我的乳头,天啊,我是一个妈妈,一个哺育婴孩的妈妈。一时间,我的灵魂从身体里飞出,在卧室里大喊,我是一位伟大的母亲,我具有母性的伟大。室内忧伤的余音被我的母性吸收了。室内一片宁静,我抱着她。

  她的嘴唇不再在我的胸前吮吸、摩挲。她的眼泪又开始往下掉。我看见我的房间漂浮着她的眼泪，眼泪分子在我的房间忧伤地飞舞。我的房间飞满了忧伤。我看见一个个花瓣在飞，一个个姑娘在掩面而泣。我不要这样的忧伤，我离开了卧室。我走到了客厅，我看到客厅的沙发上坐着一个哭泣的小女孩，我走近她，问，你是谁？小姑娘不见了，哭声还在。循着哭声，我看见阳台边有一个女人，背我而立，我走过去，背影不见了。今夜是见鬼了，我有点懵了。我决定走进厨房，听奶奶说，擀面杖可以撵鬼。我推开厨房的门，看到一个女人站在玻璃窗下，她的眼泪淋湿了玻璃窗。我眨了眨眼睛，我改变主意了，我拉开橱柜从刀架上取下了一把刀。窗边的女人不见了。我快步来到卧室，那个女人侧卧在床上，怀里抱着枕头。我从她怀里拉出枕头，枕头被泪水淋湿了半边。你是人？是鬼？我举着刀问。她的眼睛睁开了，看了我一下，然后又合上，眼角还有眼泪在流淌。我听见窗外有声音，声音在拍打窗户。我举着刀，轻轻移动脚步，走向窗户。我静了静，吸了一口气，一把拉开窗帘。天啊，玻璃窗外又是泪水的世界。哦，是雨点，是在下雨。我长出了一口气，垂下举刀的手，望着雨水划过的玻璃，看到了别样的美。我好久没有拉开窗帘了，窗外新鲜的气息扑面而来，我贪婪地呼吸着夜雨中的空气，我觉得我麻木很久的心扉忽然苏醒了，像一棵棵小小的草，舒展着筋骨，摇着手臂，要载歌载舞呢。

　　此时的我，哦，想起了，我是一个导演。也许你一定会说，你带不同的女人回家，是为了体验生活。我想问一下你，难道导演为了表现死亡，专门要到天堂或者地狱走一趟？答案很明确，不是找几个女人，就有了影视作品，也不是所有的演员都要亲自体验。

说这些理论，绕来绕去的理论，不如我去享受快乐。顺便说一句，作品是靠才气安身立命的，离了这一条，再多的喧哗都是白搭，别看有些作品被宣扬得上了天，或者说是激起了一层浪花，有的是泡沫。作品能否流芳百世，靠才气。五十年过后，如果还有人厚待你的作品，才能算是真作品。我的春天来了。我看了看床上的女人，走到她跟前，放下了刀，我开始着手她的衣扣。光滑的小扣子被我的手指解开了，我想象一个女人白皙的酮体出现在我的眼前：是乔尔乔内的油画《沉睡的维纳斯》，还是安格尔的《大宫女》，或者克拉纳赫的《躺卧的泉源仙女》也好。"醉上千百回，醒来还落泪"，铃声响起了，李雨儿的凄美歌声响起了，我的眼睛跟着歌声，越过黑夜，飞向更为广阔的宇宙。虽然是雨夜，看不到星光，可是我知道总有恒星在发光，总有光明在乌云后面不断闪烁。像这个女人闪烁的泪光。这个女人不停地落泪，一定是真的伤心了。窗外夜雨浓密，如秀发一般，和着香，花朵的香，草叶的香，覆盖着夜的空间。我抱着泪人儿一般的女人，听着雨敲瓷砖的碎音，《雨霖铃》的曲子在我的心室响起，欲望的火焰渐渐熄灭，只能听雨了。我把她放在床上，我睡沙发了。原来坐怀不乱是有缘由的，是因为乱了又静了，静了就睡着了。曙光从窗户亮进来时，我醒了，我发现床上空空的。

贾娴淑

我在等待，等待一个结果，战略的结果。我实施主动战略的转折点在一个月前。一个月前，我给宋老总打了电话，当对方的声音传过来时，我把自己的声音调整成风情万种的音调，立即迎接过去。"我在青莲路等你"，我大大地吸了一口气，放慢语速，让语调保持平稳，然后嗲嗲地说"你一定要来哦。"听到对方心猿意马的回答后，我轻轻地笑了。我打开了车门，发动了车子。夏夜的狂躁渐渐安息。我的心异常平静。我仿佛看见这种安静背后的画面：一只猎豹匍匐在草丛中屏息凝神，眼前的黄羊浑然不觉。车子是去年买的。想起买车子，我觉得自己是个没有创意的人。车型与同事侯倩倩的车型差不多。好在不是日本车。越野型的，车内还算宽敞。今年春天，侯倩倩又一次妇科手术后，老总宋亚斌特地安排我，"拿上2000元，看望一下"。我下午请假给分管经理，说，要去看侯倩倩，因为侯倩倩又做了妇科手术了。分管韩副经理一听，一脸惭愧，慌忙说，再加1000元，我处理。就这样，我给了侯倩倩3000元。当资料室的小曹听说这件事后，愤然道，我也做过妇科手术，怎么没见一个领导安排慰问我。我回想起两个上司脸上的神态，心里的冷笑绵绵不绝。

车门紧闭，我双手紧紧抓着方向盘，望着不远处的寺塔，直到耳边传来挂机后嘟嘟的忙音后，我调转车头，面朝对方的来路，等待对方的出现。

我拆开手机背后的电池，拔出后面的芯卡，小心用纸包起来。接着，给手机插进了一枚新卡。然后，握着手机，静静地望着前方，有望断秋水的痴迷模样。

一个身影渐渐走来。身影渐近，一米七八的个子，两条罗圈圈腿。"三十里的明沙，二呀嘛二十里的水，五十里的路上为了看妹妹，半个月我跑了一个十五六回，十五六呀回，把哥哥我就跑成了罗圈圈腿。"陕北民歌里的哥哥，有两条罗圈腿。不同的是民歌里的哥哥是个痴情的角儿，可惜这位罗圈腿是情人无数，品味全无。一个熟悉他的人曾经对我说："你们那个老总，哈哈，只要看见个胖的，就两眼放光么，哈哈……"我不得不相信他的话。自从侯倩倩调进公司，宋亚斌再也没有约过我。我给他汇报我的思想，我的工作，他半天不说一句话，曾经答应我的进领导阶层的事，也没有了下文。我熬夜拿出的预算，他看了以后，总是不满意。

夜幕下，我仔细确认向我走来的身影，犹如确定正确的账务报表。当我确定走来的的确是老总一个人的身影时，我立即拨了一个电话，一个敬业的小巡警接了我的电话，我简单地说了地点，时间。接着，拆开手机后背，拔出新卡，按开车窗，把新卡扔进了路边的草丛，让它永远消失。然后把旧卡重新插进手机。

"细节与上帝同在",我相信这句话。

上个星期,听到宋老总对侯倩倩细语,下个月,咱公司要动人事,你要协调好人际关系,不要让别人坏了你的事,我心里一动。侯倩倩这次调整,肯定就任自己的上司。一想到这样一个人做我的上司,我的心就像上了绞刑架,不停地挣扎。

夜色深沉,宋老总钻进了我的车内。我觉得天门阵大约就是这样。宋老总不是穆桂英。只有穆桂英可以破解这个阵。他的结局,要么惨败,要么与我同归于尽。没有第三种可能。

我拉开了宋老总的衣服,像拉开了舞台的幕布。我剥下了宋老总的全部衣服,一下一下,像剥开一颗橘子的外皮。

橘子肉展露无遗的时候,一辆巡警的车停在我的车旁。

"我来给小巡警说明吧。"我犹如持枪跃马的英雄,立于阵前。宋老总只是我身后的草原或者羊羔。我将决定他的沦陷,或者再承事业的恩泽。

宋老总失血的唇,颤抖不已,眼里的惶恐,与身临万丈深渊的童嫂一样。他在等人救赎。救赎的人只有一个,就是我。证据确凿,一夜之间,政变成功。一个县城的风云人物,就这样,被几个小巡警推上了绯闻的风口浪尖。谁给小巡警报的警?谁会想起这个问题!这场风,不是春风,却比春风迷人,吹遍了县城每一个人的心窝窝。我预测,两个月后,公司将会提拔我进入领导阶层。没想到宋亚斌被害,我的投资竟然顷刻崩盘。

韩文理

人生是一场梦,我是梦的主人。我在我的梦里痴迷权力的游戏,权力是什么?我再次问自己。我说的不是电视剧《权力的游戏》,这部很火的电视剧是由马丁的奇幻小说《冰与火之歌》改编的,我喜欢。我不是因为豆瓣网上的评价很高而喜欢的,我是发自内心的喜欢的。我是有品味的人,不是人云亦云的人。电视剧、电影只是我的业余谈资,我喜欢的其实是权利,或者说权力。马克斯·韦伯认为"权力意味着在一定社会关系里,哪怕是遇到反对,也能贯彻自己意志的任何机会,不管这种机会是建立在什么基础之上"。帕森斯则认为"权力是一种保证集体组织系统中,各单位履行有约束力的义务的普遍化能力"。

我说的权力就是这个概念,是权位、势力,包括职责范围内的指挥或支配力量。陈桥兵变是因为权力,玄武门之变是因为权力,赵构宁愿父兄死在金国,也不领兵北上,能说与权力没关联?权力的魅力,只有握过的人才明白其中的魅力。说给没有握过的人听,如同听天书。什么是权力，譬如《安娜·卡列尼娜》剧中安排主人公卧轨自杀，就是一个作者的权力。不懂得权力的人，就不懂得梭罗为什么说"许多人钓了一辈子的鱼，却不知道他们钓鱼的目的并不是为了鱼"。不懂得权力的人，就不懂得《红楼梦》为什么是曹雪芹写，而不是纳兰容若写，不懂得为什么金兵可以南下，而宋王从不北上，更不懂得曹魏司马为什么都是短命的王朝？为什么《汉乐府》至今有人迷恋？一些人是一瓶子不响，半瓶子咣当，以为摸了象腿，大象就是圆柱型。一些人骂我是腐败官员，其实我也在骂，骂什么呢？我再腐败，这金钱还在国内转着呢，看看一些人，把传承千年的精髓都糟蹋光了，音乐、电影、绘画，都换成了他国的文化，咋不把血液换成外国的？咋不把皮肤换成白色人种的？咋不把骨头换成黑色人种的？其实，我说这些，是发泄我的愤懑，现在的我，只有一个念头，那就是把我的骨头，我的血液，我的皮肤都换了。这是从哪一天开始有这样的想法呢？

我不愿回忆，我宁愿撞墙，我只能撞墙。我在宋老总的家门前看到了柳春红，大把的阳光像刀尖一样扎进我的眼睛里。我的方向盘突然失控了，我要踩刹车板，我却踩了油门阀，我的车撞墙了。我坐在车里泪如雨下。我不知道这个女人竟然到宋亚斌的家里去了……我给她那么多的钱，竟然喂不饱她的欲望。我泪眼朦胧地看着她发动了小汽车，架着凯迪拉克CT5从我身边疾驰而过，我捶胸顿足，我后悔，我为什么要与这样一个女人有关系？我韩文理没见过女人？我把自己葬送在这样一个不守妇道的女人身上，我是悔恨千年啊。那年，柳春红来总公司办理请假手续，我看着一个熟悉的身影袅袅婷婷地走出了楼道，她看见了我，她的眼睛睁大了，她手里拿着的请假审批表掉在地板上了，我的头撞在办公室的门上了……她走过来了，明亮的眼睛看着我，嘴角扬起，微笑着，转眼就有眼泪从她的脸上珍珠一样滚落……我看着她，不停地吸着气，吸着，我是缺氧了？我很镇静地把职业微笑放在脸上……我恨不得钻进门缝，从这个世界遁形。

我一直为自己建立一个原则，那就是兔子不吃窝边草。世界广阔无限，草地无限宽广，我魅力四射，从来不愁没有鲜草，我有鲜草几簇，我曾挽在手臂上的李潇潇只是其中之一。只有窝囊的兔子才啃食窝边的草。我的这一原则为我赢得闪亮的光环，我也因此而蔑视一些吃窝边草的同僚。我明白了，我才明白那柳春红原来是我的下属。我坏了自己的规则。无法逃离，我只能面对，我面对柳春红大颗大颗的眼泪，面对她的要求，我是一而再，再而三地做着违反法纪的事。一个是我的女人，一个是我的上司，你们都是狼，野狼一样。我要消灭这噬人不吐骨头的野狼。原来我是白活一生。对，白忙活，为女人忙活，为权力忙活，唯独没有为自己无价的生命意义忙活过。我是可悲的，许多人是可悲的，许多人都在白忙活，公司里的白描画是白忙活，贾娴淑是白忙活，张卡夫看透了这些，他只是忙着收钱，侯倩倩从不白忙活，她是左右逢源，我关照她，不是因为欣赏她的精明世故，而是为了拍宋亚斌的马屁。我看透了这些，我明白了这些，我有了借酒浇愁的曲目。

我梦见我把一个人推下了楼，是什么楼？在几层？我忘记了，我拍了拍自己的脑袋，脑袋里只有这个模糊的梦。怎么会有这么奇怪的梦？一定是黑暗吐露了醒不来的梦魇，或者是魔鬼主宰了我的四肢与头脑，我怎么会做那么傻的事，怎么可能？怎么会有警察走进我的办公室？

张卡夫

韩副经理被警察带走时，我看见他的表情像落雪后的旷野，惨白，无声。宋亚斌死了，我去参加了他的葬礼。悲凉的哀乐响起时，我落泪了，当然不是因为知遇之恩，虽然我的胸中也有肝胆相照的故事。今天，我心里只有密密麻麻的音符。我的心与县城相似，是一座心胸坦荡的城市，接纳着来自四面八方的喧嚷。星域在此气象万千，长城在此醉卧沙场，我的青春在此没有铁马冰河，只有沉默。我在城北的沙漠边缘沉默，我看见风来了，西北风掠过漫漫旷野，越过赤裸的沙丘，天地变色，花草藏匿，只有古老的长城突兀在广袤的荒原上。大地在沉默，长城在沉默，花草树木在沉默，千万种昆虫鸟兽亦沉默。沉默，是难以言传，还是不愿苟同？我不想追问。

我驱车回到高楼林立的县城，登上三十三层的高楼，在高楼的演艺厅里坐下，我听着优雅的音乐，那些依赖乐器的声音和不依赖乐器的歌唱，飞进我的耳朵里，这些声音聚集着悲欢的情愫，让我沉迷。我坐在暮色苍茫的长凳上，怀揣着莫名的期待，听着袅袅的余音。我在乐曲中徜徉，那些无从意料的，轻灵如水的，毫不伤感的音色，让我的心情渐渐恢复空谷幽兰般的宁静。在这个黄昏，音乐流进了我的心，我恣意想象，是谁的一双手，拨弄出飘逸如云的乐律？那是怎样的一双手，让声音如山泉般清澈，不携带尘世间的烟火气？我忽然感觉到每一个音符都是一片刚刚张开的花瓣，藏着甜蜜的温柔和神圣的庄严。高山流水是抒情的，阳春白雪是忧伤的，我第一次感到"深林人不知，明月来相照"这句古诗是有色彩的。我看到清凉的蓝色月光洒向浪花涌簇的黄色沙滩，沙滩后面是五彩斑斓的草原，草原后面是郁郁的森林。我的心不知不觉被包融其中，心上的尘垢随着音乐渐渐脱落，化成了林间的清风、石上的清泉、河边的落英缤纷，化成一尊山谷中无语沉默的青石。

一轮明月徐徐上升。我看着杯中清亮的茶水，眼睛被一种渐渐溢出的水汽包围。在此以前，我一直认为职位是衡量一个人成功与否的证据，是一面可以用以炫耀的旗帜。可是，在鱼目混珠的对决中，悲剧总是像泪珠一样，与晶莹的珠子一同落下。但愿以后的我，能够淡泊名利。

白描画

　　这个地方我是来过的，一条女性的河流绕着圆形的大山，婉约地转着，转着，忘情地转着，三百二十度地转着，依依不舍地，唱着《静水流深》，古琴的音色，青色的五音阶与紫色的七音阶飘着，绕着，与河流的灵气融合着，纱巾似的飘扬，两岸的草木被熏陶，浸染，灵儿在飘舞。我在青紫色的光芒中走向镜里，另一个奇异的空间。路面布着明亮的冰，镜面一样泛着青紫色的光芒。我向前，看见白雪茫茫，我走在镜子里。我看见了我的枪，我在梦里扳动枪栓的枪。我看清了，倒在地上的人是宋亚斌。我拾起了枪，拔出锋利的枪刺，切除了我的记忆。

　　我继续在雪地上行走，在北斗星下的雪地上行走。白雪的世界，柔情，冰冷，雪是白色的女王，雪的柔情是一个女人被宠爱的衍生品。只是一个人的幸运。冰冷的雪是没有爱恨的雪，是与风花雪月没有关联的雪，是青瓷的光泽。

　　我在镜里的世界行走，明亮的光芒在我的前后左右照耀。我微眯着眼睛，我看到我的眼睫毛密集地排列在我的眼前，明亮的光缠绕着我的眼睫毛。我闭住眼睛，眼睛里没有黑色、暗色，我的内心没有黑暗了。无数微亮的光线像雪花一样落在我的幽暗的心谷。黑暗遁形匿身。我转身而看，我的身后没有阴影，我的影子一直是我的阴影。在镜里的世界，"有光亮的地方必有阴影"，这句话不再是真理。光亮如雪，飘在空中，光亮如冰，覆盖着镜里的河流山川。我行走在冰雪里，好似走在一首词里："凛凛严凝雾气昏，空中祥瑞降纷纷。须臾四野难分路，顷刻千山不见痕。银世界，玉乾坤，望中隐隐接昆仑。"年年岁岁雪相似，岁岁年年人不同。雪影微微，白茫茫一片，不是林冲雪夜上梁山的雪，也不是贾宝玉皈依虚境时的雪。这雪，还是雪，只是人不同，亦有了雪的区别。我心里一片宁静，焦虑消失了，悲喜消失了。

这里的冰雪是温暖的。冰不是三日之寒的凝固，雪是云朵飘零的花瓣。这里的温度是恒常的，有着春风的神妙，万物在蓬勃地生长。走过银装素裹的时空，眼前的景色变了。

我一步步地走，一步步地看，风轻云淡，水天一色。娇白的海棠，粉红的蝴蝶兰，嫩黄的连翘，映在我的眼前。柔柔的花儿在飘，飘成深白，浅白，飘向朦胧的白，飘向不光不及的远空。我看着柔柔的花，像仰视一个尊贵的灵魂，目不转睛。花魂飘，一片片，一朵朵，变成光点，我跟着光点亦步亦趋。

我看到了骏马，披着早霞的光芒，向我走来，纯红的毛色，丝绸一样发着鲜亮的光泽，细密的马尾在风中扬着。额上嵌着白色月牙，半边被垂下的马鬃遮住，圆圆的脑瓜上，竖着长菱形的耳朵。潭水一般的眼睛。左眼边有巧夺天工的黑眼圈，左耳尖有着水墨画一般的黑颜色。它在向我缓缓走来,它的身边跳着小狗黑虎,它们一前一后,波浪似的向我涌来。

天空有着永不坠落的太阳。没有黑夜,光线柔和,江南小雨般播洒着能量。凭借着这样的能量,生也永恒,死也永恒。

光点皈依时空。光线织就的千古时空里,我看到翩然的裙裾在纷飞的花朵中,飘着,飘着……